kaze no tanbun

移動図書館の子供たち

柏書房

kaze no tanbun

移動図書館の子供たち

「金色は色ではない」

そして何が書いてあったかはずっと
思い出されないままだ。

羽音

人生でただ一度だけ、歌うために生まれてきたのだと信じたことがある。中学のクラスみんなで『流浪の民』を歌ったとき、突然、電撃的に自分の声の美しさに気付いたのだ。なんてことだ。国宝級の声だ。それで竹林に隠れた。誰もいないその場所で、自分の声を確かめたかった。

でもひんやりした竹林に響いたのは、教室で私に確信を抱かせ、運命を感じさせた声ではなかった。それはあまりに平坦で、平凡な、不快というほどではないにしろもう一度聞く機会はないほうができればありがたい、そんな声だった。私はみんなの声まで自分の声と思い込んでいたのだ。あの厚み、あの響き、怪しく輝くあの異国の旅物語、そのすべてを自分が作り上げたのだと。

有名な問いがある。誰もいない森で木が倒れたら、音がするか?

確信が失望に変わったように、恥は笑い話になった。『流浪の民』は『大地讃頌』になった。笑顔の生徒は不登校になった。図書館が学校がわりになった。合唱とは無縁の日々の始まり。

でも歌うために生まれてきたのだと信じたときの、あの深いところまで刺し貫かれた感覚だけは消えなかった。下草にふくらはぎを切られながら竹林の奥へと進んでいき、歌うために息を吸い込んだ私はまるで、炎だった、肌の境界を黒く焦がしながら今にも目の前の現実に燃え移りそうだった。

私は手の中で開かれている本より、閉じられている本が気になるようになった。図書館にある厖大な本も、ほとんど常に閉じられている、その事実が。

BECKだけを信じた時期がある。言葉を尽くそうと必死になってもただ酸欠になるばかりで、何が自分を証明するのかすっかりわからなくなったので、彼が自分と同じ十代の頃に作ったという荒く質素な音楽だけ、そこにある正直さだけ、信じることにしたのだ。私は図書館で『ロッキング・オン』のバックナンバーを借り、BECKのインタビュー記事を読みながら、自分以外の誰かが彼にあれこれ質問していることに腹を立てた。それからちらりと、BECKの記事とは関係のない、ロックフェス特集の写真を覗き見た——大雨を降らせる空を太陽の笑みで指差す人々。カラフルなポンチョが、羽のようにひらいていた。

Bからのメール。本を開くと羽ばたく鳥のかたちになるのはなぜか？

学生時代に知り合った音楽ファンたちはほとんどが教養主義的で、どれだけ多くミュージシャン名を言えるか、楽曲を知っているか、ライブを経験したか、逸話を知っているか、神保町ジャニスに入り浸ったかということで言外に序列をつけるような雰囲気があり、その序列において私は常に最下位で、Bは常にトップだった。それでも私たちは意気投合し、どこへでも一緒に出かけるようになった。

Bが私の無知に関心を持たなかったように、私はBの博識さを無視した。というより、ナイーブさのほうがよほど目立ったのだ。Bは感じやすく、涙もろく、夜中に詩的なメールを送ってきたと思ったら次の日にはそれを恥じて寝込む、そんな具合だった。そして私が竹林で『流浪の民』を歌った話、BECKのインタビュアーを憎んだ話などを愛した。「でも、悪いんだけどBECKは嫌いだ」少しも悪くなさそうにBは言った。「前にさ、わりと派手に事故ったの……、友だちの車で。そのときかかってたのがBECKの『ルーザー』だった。あとで傷痕見せてあげる。とにかくそれ以来だめ。死ぬかと思うよ、あのイントロ聞くだけで」

だからBと車で出かけたとき、私は『ルーザー』をかけた。運転席のBは狂ったように笑い出したけれど、私たちは死ななかった。

誰かと一緒にBECKを聞いたのは、それが初めてのことだった。

照明が落ち、バンドメンバーが姿を現すと、じゃあ、とBは離れていく。一曲目の轟音の中、人波をかき分け、前方へとひとり漕ぎだす。私は視界の隅にBの後頭部を泳がせながら、見知らぬ人たちに囲まれて踊る。空からビールが降ってくる。外国語も降ってくる。汗と歓声が渾然一体となる。ウイルスが来るずっと前のことだ。

再び、不意に、強い確信が降りてきた。渋谷クアトロのバーカウンターの列に並んでいたときだった。ありえない、と思った。ここにいる全員がダイナソーJr.を好きだなんて。燃えるような確信だったけれど、歌うために生まれてきたのだと気付いたときほどの衝撃はなかった。本当は前からわかっていたのだ。

「くそ、むかつく。なんでこんなに人がいんの」そう呟くと、Bは受け取ったばかりのビールを飲みながら私を見た。物珍しそうでも退屈そうでもあった。「気付いてた？　ここにいる誰とも、なんの共通点もないってこと。私のダイナソーはこの人たちのダイナソーとは違う。誰のダイナソーとも違う。なのに同じ箱に押し込められてる」

それから私はいつもBがするみたいに、一人でステージのほうへ向かっていった。本の背表紙のように固く意味深な客たちの背中をかき分け、かき分け、進んでいった。

アデルの来日がキャンセルになったのは彼女が飛行機嫌いだからだと聞いた。本当のところは知らない。でもそれで気が付いた——ミュージシャンは常に移動し続けている。
Bからのメール。とりわけ歌のうまい鳥は、求愛のために歌わない。繁殖のために歌わない。

私のポンチョはごくごく淡いブルーグレーだ。だからもし『ロッキング・オン』の写真に写り込んでも、カラフルな人々をよりカラフルに見せる役割しか果たさないだろう。それでもそこは、十代の頃にアメリカやイギリスやアイルランドと同じくらい遠く感じた、夏の苗場だった。

Bや仲間たちは出会った当時すでにそこの常連で、私もやがてそうなった。私はたいてい一人で過ごした。そうすることができるというのは意外だった。山間のロックフェスに来たからといって大声で乾杯しなくてもいいし、みんなでジャンプした瞬間の写真を撮らなくてもいい。誰かこの会場にいる人はいないか、次のこのライブを一緒に見ないかといった連絡が絶えず入るグループチャットの通知をオフにして、木陰で本を読んでいてもいい。

でも空が暗くなり、一日の終わりが近付くと、空気とともに自由さも冷え込んでくる。ヘッドライナーが私たちを夏の虫に変え、光り輝く大ステージに引き寄せてしまうからだ。奥地で踊っていた人も、食堂で飲んでいた人も、天幕の下で寝ていた人も一様に集まるその時間、あたりを囲む暗い木々には光の文字がまるで呪文のように映し出され、大歓声を浴びながらやがてステージに現れるスターは、実際、その場に魔法をかける。気まぐれな山の空まで味方につけ、歌声に雷鳴と稲妻をまとわせるので、私は心まで感電したようになる。頬を伝うのが雨か涙かわからなくなる。今どこにいるのかわからなくなる。何を経験しているのかわからなくなる。

でも二時間後には、仲間たちがみんなそばにいて、Bさえもそばにいて、言葉で心を縒《よ》り合わせようとする。全員が同じものを見、同じ音を聞いたという前提を疑う者はいない。音楽を信じたきっかけの一つが言葉への不信だったことを思い出す者はいない。ゲートまでの道のりは遠く、暗く、しばしばぬかるみに足を取られるほどなのに、いやに鮮明な自分たちの声が誘導灯がわりになって、私たちは誰も迷子になれない。

やがて苗場に行かなくなった。ライブハウスにも行かなくなった。ウイルスが来るずっと前のことだ。

何年か会わないうちにボルダリングにどハマりし、今や――ジムでよく流れているためすっかり体に馴染んでしまった――EDMしか聴いていないというBに、ケンドリック・ラマーをすすめたのは私だった。「小説家みたいなラッパーがいてね……」

私がBに音楽情報を教える日が来るなんて、とわざとらしく感慨に耽りながら電話を切ったけれど、本当は、まるできのうの続きのように話せてしまったことに興醒めしていた。声をひと言聞いただけで、あっという間に揃う呼吸。蘇るリズム。せっかくこんなに離れたのに。

「まだ横浜に住んでる?」電話を切る前、本題を思い出したらしいBはそう尋ねてきた。

「うん」

「そんなら行こ。会場が横浜なんだ。サムズアップ。来週火曜」

「ライブ?　誰の?」

えうあんう、と肝心なところでパンをかじったことにBは自分で笑い出した。適当な理由をつけて断ろうと思ったけれど、つられて笑っているうち、切り出すタイミングを逃した。

当日、現地でもらったフライヤーを見て初めて、自分が聞きに来たのがオーストラリア人ギタリストの演奏であること、演奏者はスライドギターの名手で、故郷のルーツ・ミュージックの流れを汲みながら新しい音を探し続けていることを知った。

オーストラリア。わたしはザ・ポーグスのシェイン・マガウアンが『サウス・オーストラリア』という古くからある歌を――いかにもポーグス的アレンジで――歌っていたことを思い出した。ふるさとのサウス・オーストラリアを目指す船乗りたちの歌だったはずだ。それからまた、ロンドンで暮らす若きシェイン・マガウアンが常に故郷のアイルランドを恋しがっていたことも思い出した。彼は確か――昔Bに教わったところによると――一度アイルアンドに帰ったものの、そこに暮らす人々にうまく馴染めなかったはずだ。

Bはフライヤーをもらわなかった。そして唯一空いていたステージ前のテーブルにつき、ビールとソーセージを注文するなり、「こっちから誘っといてなんなんだけど」と切羽詰まった様子で言った。「途中で帰るかもしれない。ここ数日、ケンドリック・ラマーのことしか考えられなくて」

すすめられるままに聞き、虜になったのだという。彼について語ること、または彼の詩を翻訳し、より理解することしか今はやりたいと思えない。実際、Bはその後さっそくケンドリック・ラマーについて、彼の知性と表現力について熱っぽく語り始めた。私がすでに知っていることもあれば初めて知ることもあったが、なんにせよ聞いていられなかった。なぜならBは私が小説を書いていることを知っていたが、読ませてほしいと言ったことは一度もなかったからだ。そしてケンドリック・ラマーは私にとって、小説家だったからだ。

私はBを見つめた。黒い長そでのトレーニングウェアを着ていたから、数年のボルダリング趣味でどれほど体つきが変わったかはわからなかった。もっとも、脱いでもわからなかったかもしれない。Bの裸なんて数えるほどしか見たことがなかったし、まじまじ見たこととなると、知り合って間もない頃に交通事故の傷痕を見せてもらったときだけだ。

ギタリストが、やがて姿を現した。紛れもなくその晩の主役——でも私たちのテーブルでは特に登場を待たれていなかった人。

ところが、彼が拍手に包まれながらにこやかにスツールに腰かけたとき、私は自分がいかに特権的な場所にいるかを理解した。私の席はステージの本当に目の前で、ステージにはしかもほとんど高さがなく、ギタリストは私がちょっと腕を伸ばせば触れられる距離に座ったのだから。テーブルを隔てたところにいるBより近く、ギタリストこそが私の連れのようだった。言葉を交わしたり笑い合ったりしなければ不自然なほどだ。私は彼を見つめた。蔦のように顔の下半分を覆った髭、大木のように太く茶色い体、まるでその一部から作られたかのような楽器——オーストラリアから来たのだ。オーストラリアから、船乗りたちのふるさとから、私のもとへ。

物理的な近さがものを語るということを、私は知らなかったのだろうか？　家族に愛されて育ったのに？　ほとんど常に恋人もいたのに？　でも、たぶん、知らなかったのだ——息遣いや手の動き、時折届く体の匂いが、会ったばかりの人をたちまち知己の存在に変えていくことに、そのときとても驚いたから。それから、演奏家が楽器と命を分け合っていることも知らなかった。彼のギターは紛れもなく生きていた。息を吸い、吐き、そうして生まれる響きのすべてが言葉だった。

曲と曲のあいだにギタリストは必ず私を見、ほほ笑んだ。深い意味のあることではなかった。でもそうしてたびたび目を合わせるうち、それは次第に対話になった。私は彼の多くを知り、自分の多くを知られたと感じた。終演後、私は店の外で彼を待たずにいられなかった。一人で待たせてと言うと、Bは渡りに船と言わんばかりの様子で帰っていった。読みたい小説があるのだ——卓上ライトをつけ、英和辞典を開き、母語に置き換えてみたい言葉が。

さほど待たされはしなかった。客が使うのと同じ、ステッカーのベタベタ張られた出入口から、閉店時間を過ぎてとうとう追い出された最後の一人みたいな雰囲気でギタリストは現れた。わたしは背をもたせていた壁から離れ、こちらに気付いて笑顔になった彼に近付いていった。余計なことだとわかっていた。演奏中の交流だけでじゅうぶんだ。あれはむしろ完璧だったし、彼には彼の音楽がある。私には私の音楽がある。それでも私は拙い英語で、あなたの音楽が好きだと伝えた。

巨体で髭もじゃのギタリストは、子どもから願いを打ち明けられたサンタクロースみたいに私を抱いて、こんなにうれしいことはないと言った。

知り合いの小説家がトラッシュキャン・シナトラズのサポートメンバーとして出演すると

いうので、夏、久しぶりに苗場へ行った。トランペットを吹くのだという。「トラキャンのライブでトランペットを吹く小説家」じき子どもが生まれるから今年は行けない、と知らせてきた電話口で、Bは詩でも朗読するように言った。「トラキャンのライブでトランペットを吹く小説家」何度も言った。

足代わりに持ってきた折り畳み自転車にまたがり、三国街道を行く。宿と会場は長い下り坂に隔たれていたから、風に乗って音が届くこともなく、その先にロックフェスの会場があるなんてなんだか突拍子のない話に思えた。でも青空の下、キャンプ用品をどっさり積んだ赤いピックアップトラックに勢いよく追い抜かれ、それを合図にしたかのように姿を現したカラフルな人々――よく晴れていたから、ポンチョではなかった、サマードレスやカラーシャツだ――が街道を彩り始めるのを見せられたら、もう疑いようがなかった。この先には音楽がある。歌う人と聞く人の待ち合わせ場所が。

小説家の出番はもうすぐだ。きっと今頃楽器をあたためているだろう。私はブレーキをゆるめ、トラックを追った。

ウイルスが来て、ミュージシャンが来なくなったある日、有名な問いの答えが出た。公園のテーブルにパソコンを開き、次の言葉を探していたときだ。ふとわかった。音がしないわけがない。

黒いキーボードの上で、木漏れ日が躍っていた。なぜこれを謎だと思っていたのだろう。私はすぐBに電話をかけた。そして、どんなに長くても、短くてもいい、何か書けたら読ませてと伝えた。

最後の役

考えごとをしているときなどに、麻雀の役をつぶやく癖がある。いまのところ、ほぼ誰にも気づかれてはいないと思う。不思議とこういうものは、無意識の表出でありながら、それでいて、周囲の目というものを気にするようにできているらしいのだ。例外は母だ。ぼくはそのとき高校生で、風呂上がりか何かに、ふと、母がそこにいることに気づかずつぶやいてしまったのだ。そのときの役は、立直《リーチ》だった。

進学して一人暮らしをはじめてからは、好き放題に自分の部屋でつぶやくことができた。三色《サンショク》。断幺九《タンシャオ》。ドラ。一気通貫《イッキツウカン》は不思議と出てこなかった。幸福な季節だった。

はじめて異性とキスをしたときは、その帰り道、よくわからない自傷癖のようなものにかられ、タイカレーとか博多ラーメンとか、そういう近くのチェーン店をはしごして馬鹿みたいに食べた。酒を飲み、タイカレー屋には二度入った。いま振り返ると、あのときはまだ性自認が揺らいでいて、ぼくのなかのもう一人が、その日起きた一大事件に全力で逆らっていたような印象がある。もちろん店員に聞かれぬよう、役もつぶやいた。さすがに記憶もおぼろげだけれど、確か、三暗刻《サンアンコー》であったと思う。

状況と役の関係は、いまもってわからない。関係はあるのかもしれないし、ないのかもしれない。みずからの意識せざる領域から、ここぞというときに、なんらかの信号が送られてきているような気もする。たとえば、本心はなんなのか。目の前の現象の真の意味は何か。あるいは、ぼくはいったい何者であるのか。もちろん、そういったこととは無縁に、ランダムに役が選ばれ、発声に至っている可能性もある。それは誰にもわからない。でも、手がかりのないぼくとしては、どうしてもそこに意味を見出してしまう。

母は、あのときのぼくのつぶやきを憶えているだろうか。いや、やはり忘れていることだろう。記憶するには、あまりに他愛ない出来事であったし、それ以上に、ぼくらはときに湿っぽい、ときに暴力的な家族三人のこんがらがった問題に頭を悩ませていたからだ。ぼくはことあるごと母に父との離縁を迫り、彼女を困らせていた。少なくとも、立直どころではなかったのは確かだ。

ちなみに、立直とは戦後にできた役だという。これを宣言した者は、以降、不退転の闘いをしなければならない。するとやはり、あのとき出た役がそれであったことには、理由があるのだろうか。では、一人暮らしをはじめてからの三色とかはなんだろう。なんとなく、わけもなくそのときの昂揚が役をなした気もする。

一気通貫はいまだに出てきたことがない。しかしぼくは現実の麻雀において、どういうわけか、勝負どころで一気通貫という役に救われることが多い。このあたりの関係性も、興味深いところではある。

いずれにせよ、解けない暗号であることには違いない。暗号という形で、なんらかの指令が前意識を突き抜けて降ってくる。少なくとも、そのように理解していた時期はあったし、いまも、ときおりそうではないかとも思う。あるいは、役のほうこそが主体で、ぼくはその影のような存在なのかもしれなかった。

役に支配されているという考えかたは、魅力的だった。というのも、ぼくは二十歳を迎えるころから、すっかり自分の意識というものに辟易していたからだ。意識から逃れること、逃げたら振り向かず、そのまま振り切ること。こうした一連の考えは、青春期のいっとき、ぼくにとって大きなテーマだった。なんであれ、自分なんかでいるよりは、麻雀の役であったほうが気が楽というものだ。それが安手の断么九だろうと、なんだろうと。

ところで、齢を重ねればこの癖もなくなるのだろうと、なんとなくぼくは直感的にそう考えていたのだけれど、結果は、まったくもってそんなことはなかった。

会社員になって二十時間くらいぶっつづけで仕事をしたあと、ふと口から出たのは、平和《ピンフ》、自摸《ツモ》、ドラ二だった。五二〇〇点だ、とぼくは思った。参考までに、そのときぼくが願っていたことをつけ加えるなら、それは「旅に出たい」だった。

このとき行きたかったのは中央アジアで、その願いは二〇一五年に叶えられた。旅の最中、口から麻雀の役がこぼれることはない。きっとここにも、なんらかの法則があるのだろう。旅と役は、たぶん、ぼくの知らない深いところで双子のように対をなしているのだ。旅と役がセット、というのもどうも面妖な話であるけれども。

一つ言えるのは、ぼくはどうやら、家にいながら旅人でいられるような、そういう風通しのいい精神には至っていないということだ。旅人でいられる限り、役は出てこないのだから、論理的に考えるとそういうことになる。これは今後の課題だろう。

昨今、家にいることが多くなってからは、役が口から飛び出てくることが増えた。四暗刻《スーアンコー》が多い。役満だ。なぜことここに至って役満なのかはわからない。妻には聞かれていないと思うが、妻はぼくよりも耳がいいので、本当は気づいていないふりをしてくれているだけかもしれない。その場合、変なやつ、くらいには思われているかもしれない。少なくとも、深刻には捉えられていないと思う。もっと深刻なことは、この世にいくらでもある。

認知症にかかったときが怖い。

このとき、その人の本性やそれまでの生きかたが問われるはずだとぼくは考えているからだ。普通に考えるなら、暴力的な家庭に育ったぼくの取る行動は暴力なのだろうけれども、それ以上に、一つ確信していることがある。おそらくぼくは、人目も憚らずに麻雀の役を唱えつづけることになるだろう。それはちょっと、気まずいというか、馬鹿みたいだというか、とにもかくにも恥ずかしい。

ただ、そのときの役がなんなのか、きっとそれまでの人生の反映であるべき麻雀の役がなんなのかは、少し気になっている。安い役ならいい。むしろそうであってほしい。でも役満、それも九蓮宝燈《チューレンポウトウ》とかだと、未練や悔いのようなものがおのずと感じられ、よくない。確かめる術は、残念ながらない。

ぼくは役の影にすぎず、本当は存在しないという考えもいまだに捨てがたい。そうでなければ説明のつかない空洞のようなものもある。だとして、今際の際の役はなんになるのだろう。それは、洞にかつてあった何かであるかもしれない。できれば、高すぎず安すぎずがいい。ただ、それが最後の言葉になるのはちょっと嫌だ。最後の言葉は、「あの二人つきあってたの？」とか、「同窓会あったの？」とかがいい。それくらいできっとちょうどいい。

誰かが木村さんに聞いたんですよね。
なんの洗剤使てはるのって。

ダダダ

ヒッチハイクでここまで来れたのは上出来だった。乗せてくれた車はどれも運転細胞による自動運転で、人間はみな酔いつぶれて寝ていたからかえって話が早かった。酔っ払いは何を見ても幻覚だと思って受け流してくれるから、たとえ間違えて顔を踏んづけたり、横っ腹を蹴飛ばして起こしてしまってもべつに問題ないのだ。そういう夢を見たという記憶と痣がその人に残るだけだ。ハイウェイで自動運転の車を止めるにはコツがあってファナだけがその方法を知っていた。止めてしまえば運転細胞を言いなりにさせるのは彼女には簡単な話。アナはただぼんやり横に立ってファナの見事な手腕を眺めるだけだった。

そして二人は生まれ故郷の地の果ての町、ダダダにたどり着いた。二十年ぶりに見渡すなつかしの町はどこにもなつかしがれるところが残っていなかった。子供の頃通った学習塾も池のある公園もゲーセンもファミレスも跡形もなく消え、区画ごとすっかり描き直されたよそよそしい町はさまざまな店舗や必要な施設が十分な数だけ配置されており、それらには無愛想だったり愛想がよかったりする店員のかわりに専用の店員細胞がいて過不足のないサービスを提供していた。つまりヒッチハイクで何日もかけて移動する前に二人が暮らしていた町と、寸分たがわぬ景色がひろがっていたのだ。

ここはほんとにダダダなの？　昔の友達はもう一人も残ってないわけ？　アナはため息を漏らして空を仰いだ。居住地用に調整された平均的な雲の数の青空が眩しかった。見上げられていることに気づくと光度を下げてサングラス越しの空のような色に変わった。ファナは何も考えてないみたいに目に飛び込んできたフルーツポンチ屋に駆け込むと、しゅわしゅわと炭酸が音をたてるグラスを二つ持ってすぐにもどってきた。店を覗いてみるとファナに言いなりにさせられた店員細胞が呆けたようにぽかんとした雰囲気でカウンターのむこうにくずれかかっているのが見える。

「アナには甘すぎるかもしれないけど、あたしはこれくらいがちょうどいい」

ミントのくっついた桃のかけらを口の端から垂らしながらファナが云う。サイダーとよだれの混じったものがぽたぽたと地面に垂れている。

「ここはほんとにダダダなの？」

アナは相棒に聞こえるようにもう一度声を張った。そうにきまってるでしょ、という答えが二人の故郷に特有の乾ききった熱風に乗ってアナの耳に届いた。あまりに乾いていて耳の穴を一周してあっさり出ていってしまったので、アナにはそれが空耳のように響いた。

地の果てといっても地球は丸いので、この町の後ろにも地面は続いている。だが地上はこの先はもう人が住める土地ではなくなるのだ。じっさい二人が子供の頃、町はずれの有刺鉄線を破ってその先へ〈冒険〉に行った同級生たちは、全員それきり人間の世界にもどってこなかった。正確にはかれらは変わり果てた姿でもどってきているらしいが、どれがそれなのか特定するのは困難だった。かれらは本になってしまったのだ。おそらく衣類がほどかれてパルプになり、肉体は表紙やインクや糊になったのだろう。ダダダの背後には高さも面積も不明な自動工場の山脈があって、そこではあらゆる種類の本が絶え間なく印刷されていた。少なくとも大人たちはそう信じていたし、工場は慢性的な原料不足で「つねにうめき声を漏らしてる」そう表現して子供たちの恐怖心を煽った。たしかに風向きによっては「うめき声」らしいものが届くことがあったし、それは夜中にトイレに起きたとき両親の寝室から漏れてくる声に似たものだった。居住地登録された町には工場はけっして浸食しないという協定がある、そう授業で何度も教わったものだった。大人たちがその協定の有効性または協定の存在そのものを疑っていることは、日に日に町に空き家が増えていくことが証明していた。やがてアナとファナの家もそんな空き家のひとつになったのだ。

「正確にはあたしの家だったけど、あなたの家ではなかったよね」

アナはそうファナにも聞こえるように云ったつもりだった。だけど風向きが逆で、たぶんその言葉は全部自分の耳にもどってきてしまった。つまりダダダを出ていくときファナはまだアナから分離しておらず、引っ越した先の無料アパートで両親と暮らしているうちにアナはアナとファナになったのだ。後発性の双子の記憶は一人だったときと地続きで、別れ道のようにそのまま二つに受け継がれたので、どこで二人になったのか振り返ってもよくわからない。ただ性格や嗜好はその後急カーブを描いてかけ離れていった。それに引っ張られて外見も対照的になったので、アナの顔や髪型や洋服はまるでファナっぽくないし、ファナの顔や髪型や洋服はどう見てもアナっぽくないのだ。

「あたしの家じゃないけど、あたしの家だよ。どのみちもうどこにもないわけだけど」

風がきまぐれに転がし回ったアナの声が偶然ファナの耳に飛び込んだみたいで、急に返事があった。アナがそれを云ってから一時間半くらい経っていた。

ダダダは思いのほか広かった。子供の頃の生活圏は成長してから眺めると模型みたいに狭くてびっくりすると聞くが、むしろ逆だ。ここは二人の記憶の中の模型を並べきった広大な余白のような場所だった。つまり子供の頃の記憶の光景以外のものがすべて揃っていた。時おりロボットカンガルーが買い物メモと買った物を詰め込んでいびつに膨れたポケットを揺らしぴょんぴょんと通り過ぎていったり、自動散歩犬が自分のしっぽそっくりの幻影（額に埋め込まれたプロジェクターから映写されている）を追ってよたよたとよだれの跡を残していくのもここ以外のすべてと同じだった。ファナはお洒落なヤドカリのマークが看板に掲げられた、この世のどこにでもある服屋に入っていくとほどなく二人それぞれにふさわしい洋服を両腕に抱えて出てきた。無料カラオケボックスで寝てる間にトランクを盗まれて以来二人は三日くらい同じ服を着ていた。無料カラオケは専属の作曲細胞がつくった知らない曲ばかりでひとつも歌えないし、夜中に貧乏人が歩き回らないよう閉じ込めておく収容所の役割を果たしていた。トランクのゆくえに関しては、あの晩店員細胞のふりをして通路をうろついていた男が怪しいと二人は睨んでいた。

「見てよ、あそこに本屋がある」

誰もいない路上で堂々と着替えていたファナが、服の中に飛び込んでくる蠅や蝶を払いながら道の先を指さした。街路樹の陰でこそこそ着替えていたアナが銀杏の幹から首をのばすと、鳥の群れのシルエットのようにはばたく本の絵の看板が見えた。

かつてのダダダ、二人の知っている頃のダダダには書店が一軒もなかった。原料不足の自動工場をめぐる不吉な噂が駆けめぐる町では、書店は不吉さのシンボルなので敬遠されるのはきわめて当然の話だった。かつて本はこの世のあらゆる場所で読者を減らし続け、瀕死の状態だったはずだけど今ではすぐれた読者細胞の培養と普及が進んだおかげで、どんなタイプの本にも十分な数の読者が確保されている。書店もさほど珍しいものではない。それでも本屋があるということはここが自分の知っているダダダではなくなった決定的な証拠に思えて、アナは悲しかった。その悲しさがちょっと反射してファナの顔が曇った。そこは古書店で中に入ってみると、黴臭さと芳香剤と、ジャングルみたいな獰猛な植物の匂いが顔にぶつかってきた。ファナが書店員細胞をたらしこんで骨抜きにしている間にアナは店の奥を探検した。すぐに行き止まりになると思った店内は途中からジャングルになり、視界が悪いが果てしなく道が続いているように感じられた。方向からいってもし有刺鉄線に阻まれなければ工場山脈の裾野に続いているはずだという気がした。それもあってジャングルは紙の原料になる木の森だと思ったが、よく見ればポリエステルの葉を繁らせたニセモノで、枝にはジャングルの匂いの芳香剤や鳥や虫の声を流すスピーカーがぶら下がっていた。木の実にカムフラージュしていたのですぐにはわからなかったのだ。

果てしなく続いているように見えた奥行きも、壁に張り巡らされた鏡によって大いに水増しされていた。鏡によって殖《ふ》やされたジャングルは別の鏡によってさらに殖やされていた。鏡から鏡へと往復しながらジャングルはこの小さな建物を内側から飲み込んで膨らみ続けている。よく見ればまったく同じ枝ぶりの木がくりかえし奥行きとなって現れるのだ。それらの木からは同じタイミングで鳥や虫の声が聞こえてきた。無限の広さと単調さを兼ね備えた暗緑色の森に、いかにも異国の鬱蒼とした場所で聞こえてきそうな鳴き声が響いた。百羽の、それ以上の、まったく同じ鳥の姿が目に浮かぶ。

じめついた地面とそこに生えた毒々しい色のキノコもみごとに表現されていた。キノコだけはどうしても模造品には見えなかった。紛い物のジャングルに本物のキノコが生えてきたように生々しくて、鏡の中の森へと目が分け入ってもキノコは不規則に密集したりまばらになったりしながら木と地面の間の闇に吸い込まれていった。

「ねえ見てみなよこれ、なんかすごくカンカンっぽくない？」

書店員細胞を言いなりにさせて手に入れた一冊を持ってファナが出口からふりかえっていた。逆光のせいでそういうポーズの彫像が立っているように見える。カンカンというのは昔有刺鉄線を破って〈冒険〉に行ったまま帰らなかった同級生のお調子者の男子生徒についていた綽名だ。ファナの掲げる本の革表紙にはべつに死人の顔が貼りついてるわけでもないのに、たしかに記憶の彼方のカンカンっぽい軽薄さが漂っているし、ぶらぶらと垂れさがる栞紐はカンカンの特徴である赤毛とそっくりだった。ファナのワンピースがちょうど黒板の色だったので件の本の「教室の小学生らしさ」を引き立てているようだった。その印象は二十年ぶりのふるさとで初めて郷愁のよすがとなるものだった。じっさいこの土地からは団地も七福神も交番も調整池も共同墓地もボーリング場もきれいさっぱり拭い取られ、そこにすでに別のよそよそしい顔が書き込まれている。子供の浅はかさの象徴のような消え方をした同級生の思わぬ回帰に、二人は胸をしめつけられるような過去の匂いを感じた。

「これカンカンだよ絶対、なんか絶妙にむかつく態度が地獄の底から表紙越しに透けて見える気がするし」

「地獄なんだ。天国じゃないんだ」

「カンカンかわいそう」

「カンカンかわいそう」

「この本、タイトルが見当たらないよね」

ファナが本の表と裏をたしかめながら云う。

「これがそうじゃない？」アナがそう指さして云った。「なんかここだけ模様じゃなくて字っぽいでしょ」

「でも一文字も読めないな」ファナがしかめっ面になる。「……『犬の糞全集』かな？」

「何それ」

「何だろうね」

「自分で云ったんでしょ」

「あいつ人生最後の日にも木の枝に犬の糞刺して、振り回して笑ってたじゃん」

ファナがその素振りを真似した。

「だから糞全集？」

目を丸くするアナ。

「そう」

「ひどいね」

「まあね」

「何が書いてあるんだろう」

「めくってみよう」

道路の日なたに本をどさっと置いて、日焼けしたゴボウみたいだった手足を思い出させる色の表紙をめくった。見返しや扉をめくっていくと哀れな子供を路上で解剖してるような気分になって、立て続けに吐き気がこみ上げてきた。

〈この本にはぼくが本にならなかったばあいのしょう来のゆめが書いてあります〉

最初のページの一行目に古い瘡蓋のような色のインクでそう印刷されている。

「カンカンの夢!?」

「あのカンカンの将来の夢!!」

「読みたくねー」

「興味ねー」

燦然たる笑い声が二人の口から同時に飛び出して車道を渡り、反対側の歩道を自転車で通りかかったデリバリー細胞がブレーキをかけて周囲を見回していた。

その背負っている仏壇ほどの大きさの調理箱は出前箱にほぼ変化を遂げており、中では注文されたフライドチキンと夏野菜のサラダと機能性ヨーグルトが今しも完成しつつあるのを窺わせた。届け先への到着と料理の完成が同時になるよう厳密に時間を逆算して出発しているので、デリバリー細胞は基本的に配達中いっさいよそ見をしないように調整されていた。そんな躾けのいい細胞の気が散るくらい、アナとファナの笑い声は遥かな工場山脈の振動と共鳴して雷鳴そっくりに聞こえたのだ。

地の果ての町で生まれた以上たとえ自動工場の餌になるようなへまをしなくとも、到底抜け出せる見込みのないみじめな地平が一生の何倍かの面積で広がっていることは常識である。

だが若くして本になってしまった人間は、常識を身につける暇がなかったということだ。笑いすぎてそれ以上読むのは無理と判断した二人は書店にもどって本の買取りを依頼した。すると書店員細胞はたった今くすねられたばかりの本だと気づかず気前のいい高値で買い取ってくれた。蝶ネクタイがひどく斜めになっているのでまだ正気にもどっていないのは明らかだった。

夏の光が秋の翳りの下にすっかり隠れ、冬の風が雪混じりに吹きつけるのに耐えたご褒美に春が花の匂いを漂わせはじめたかと思うと、たちまち夏の嵐がすべてを地面に叩きつけて洗い流してしまう。それでもアナとファナはいまだ町の人間には一人も会わないままだった。だが例の書店に行けばいつでもカンカンの変わり果てた姿に会えるし、その後ぽつぽつとどこかで見たような表紙の本が棚に増えていって、行方不明になった同級生たちの他にも二人が町を出るまでは健在だったはずの知り合いたちのことをそのたびに思い出したりした。

例の本は相変わらず一行目で笑い転げてそこから先には進めないが、読み終わってしまうよりそのほうがずっとましだった。見も知らぬ赤の他人でできている本などまったく開く気にはなれない。かといって家族や友達が本になっていたら気恥ずかしくてあらゆるページで目を閉じてしまうだろう。二十年前のちょっとした知り合いくらいが本の素材としてはちょうどいいのである。買ってまで本を読むような、本物の読書家でもないかぎり。

あの本のどこかに、大事なことが書いてあったはず

あの本のどこかに、大事なことが書いてあったはず。右ページだった。右ページの真ん中よりちょっと上の、外側あたり。絵を記憶するようにくっきりと、文章のあった位置を覚えてる。そこで賢そうに光っていた感じ。でもいざ本を調べてみると逆で、それは左ページにある。

そんなこともあるだろうと最初は思った。でも何度も何度も同じことがあった。

鏡に映れば右手が左手。そんな「きまり」と同じくらい明確に、位置まで覚えている文章は必ず左右が逆だった。

本を閉じた拍子に入れ替わる？
まばたきとともに瞬間移動する？

または寝ているとき、歩いているときに脳が揺れて、位置がずれてしまうのか？
砂が動くみたいに活字が動いて？
私に見込まれた文章は、そうと気づくと引っ越すのかもしれない。
あいつに覚えられたくないと思って。
ありがたがってほしくない、
尊敬されたくない、
重用されたくない、
ふりかざされたくない、
引用されたくないと思って。
亡命する。

反対ページで発見された文章たちはアンダーラインされる危険を逃れ、ほっとしているみたいだった。

引き出しを閉めると別の引き出しが飛び出してくることがある。ちょっとあれに似ている。あれは、奥にあった空気に押されてそうなるというんだけど。
それと似たようなやりかたで。
私が目をつけた文章をこっそり亡命させるべく、静かに働いているものがいるのではないだろうか。それがどこかに待機していて、お茶を飲んだりしていて、指令が出ると動き出す。指令は私が出しているのかもしれないが、どちらかというと本当は、私もそこに混じりたい。

脳が揺れる――くるみの実の左右が入れ替わる。

そして何が書いてあったかはずっと思い出されないままだ。

墓師たち

墓師が来ても戸を開けてはならぬと父に教えられたのに、言いつけを破ってしまった。

玄関戸を叩く音に父の帰宅と信じ、引き開けたところへ崩れるように倒れこんできたのが墓師で、教わった通り腕から足から服から靴から、どこもかしこも墨のいろをしていた。うつ伏せになったその背と手足から、塵《ちり》がくろぐろと幾筋も立ちのぼって煙のごとく空気へ混ざっている。影法師じみたその身体をなんとか玄関から押しやって追い返そうとしても、横たわったままびくともしなくて、そればかりか私の手は墓師の身に触れるたび、煤けたように黒く、黒く汚れた。

納屋の奥から引きずり出した父の竹刀で、叩いてみたが起きもしなくて、思い余って梃子《てこ》の力で墓師の体を転がす転がす、どうにかこうにか庭木の根本へ動かしたけど、もう精根尽き果ててしまった。木影よりなおどす黒く、仰向けなのに目鼻立ちさえはっきりしない姿に、いよいよ背筋が寒くなり、気付け代わりに井戸水を桶でぶっ掛けて、言ってやった。

ねえ、出ていってよ。

こちらの言葉が聞こえたものか、相も変わらぬ墨染めのままずぶ濡れのままに、何やら口をもぐもぐさせてうわ言のように喋り始める。

ある土地では。

墓師は言った、
ある土地では、墓は椅子を模して作られていた。人が死ぬと残された者は林に分け入り、木を切り出して椅子を作った。召された者が働きざかりなら太い幹を、まだ年若ければしなやかな枝を用いて、その生きざまにふさわしい椅子を組み立て、釘を打ちつけた。虚栄と猜疑の人には威圧するほどに背もたれが高く足元がぐらつくような椅子を、寛容と追従の人には無闇と足が短く二人ばかり腰かけられるような幅広の椅子を、といった具合に、その人となりを椅子の形で顕わにした。

遥か昔、背もたれには死者の胸板、肘掛けには腕の骨、支える脚には足の骨が用いられた時代もあったというが、いかなる技術で四本脚を二本の骨から削り出したか、最早定かではない。

人々は、あつらえた椅子を路傍に置いた。道行く人は分け隔てなく、そこに座って足を休めることが許された。墓は人が座るためにある、というのが彼らの教えで、ごく自然にその正しさを信じていた。路面電車の停留所、行列の並ぶ甘味屋の前、電気屋の角、坂道の真ん中、海の見える高台、森の湖畔、なんでもない路上、椅子はどこにでも置かれて、人々はそこに座る時、死者の加護を得て、地上の雑事から逃れたのだ。墓に座す者に訪れる、感情あるいは着想は、死者が寄越した贈り物で、墓がそこにある時、死者の魂はまだそこにあるとされた。だから道端の椅子に腰かけて泣き出す人があっても誰も止めはしなかった。その人はきっと椅子の温もりに、既に亡き人の体温を知ったからだ。夜明けから早々に椅子に座って、日が落ちるまでじっとしている人があっても誰も咎めなかった。その人は死者からの助けを待っているか、自身が、報われぬ死者のための助けになろうとしているからだ。

いずれ壊れるでしょう、そんなの。

私はついつい口にしたけど、墓師の答えが戻ってきたのは思ってもみないことだった。

そうとも、いずれ壊れる、永遠に癒えない傷があり得ないように、永遠に朽ちない椅子などありはしない。来る日も来る日も誰かが腰かけ、また立ち上がり、時に風雨にさらされるうち、やがて釘は錆び木は腐りゆく。ある日ある時寿命を迎え、膨らんだ泡が弾けるように、墓は脚を折るだろう。座ろうとした誰か、座っていた誰かは尻餅をついて鎮魂の終わりを知る。墓に誰もが座れなくなり、墓が役目を終えた時こそ、天の座に死者が着く時だ。椅子の残骸、墓の欠片は、灰になるまで火にくべられる。吹き散らされたその灰は雲の中に帰っていく。

終焉の日の訪れが犯すべからぬものだったから、悪意で椅子を損なうことは何より重い罪だった。親が子のため教え伝える一番はじめの礼儀作法は、墓を無理に壊してはならない、墓の上で暴れてはならないという、単純至極な戒めだ。けれども悪戯好きな子供というのは、どんな土地にもいるもので、ある時、八つになったばかりの男の子が、槌を振るって、墓の脚を折ってしまった、その子供は。

墓師はここで咳《せ》き込んだ。煤のような黒い煙が、口から切れ切れに立ち上って、辺りを濁した。

柄杓ですくった井戸水を口に流してやったのは、その咳が耳に障ったから、ここで死なれてはかなわないから、父が戻ってくる前に早く立ち去って欲しいから。いや、それより何よりも、禁忌に背いた幼子に何が起きたか知りたいと、僅かに願ってしまったからだ。

椅子を壊したその日の夜、子供はひどく魘《うな》された。見たのは椅子の夢である。椅子と椅子とが番《つが》うがごとく互いの足を絡ませて、踊り狂いながら彼を追ってきた。逃げ延びた先の暗い森には、羽虫のように椅子がうじゃうじゃ群がっていて、全ての逃げ道を塞いでいた。立ち尽くした子供のもとへ我先に椅子が殺到し、彼に座ろうと試みた。

朝、気がかりな夢からようやく目覚め、向かった先の食卓の椅子にはもうひとつの椅子が腰掛けていた。日ごろ優しい両親は、椅子に向かって話しかけ、わが子に見向きもしなかった。死者の椅子を奪った子供は、己が座るべき椅子を、死者に永遠に奪われたのだ。家を飛び出し友人の家に駆け込み、あるいは道行く人に声を掛けても、みな手近な椅子に喋りかけるばかりで男の子に気づかなかった。彼は誰にも目を留められず家々の庇《ひさし》の下で雨風をしのぎ路辺の草木をかじった。

間もなく疫病が流行り、老いも若きも問わず多くの人が亡くなった。椅子が街頭におびただしいほど並べられ、椅子の数はそこに暮らす生きた人間よりも多くなった。家族をみな失い、椅子の上で静かに泣いている者もあった。通りを行く人は椅子から椅子へ移り見知らぬ誰かを悼んだ。その中には椅子のおとないを受けたあの子供の姿もあった。彼は椅子に腰かけて死者に償う術を聞き、その土地を去ったのだった。

鳥が一つひゅう、と鳴いて庭木の葉むらをざわめかせ、いつの間にか聞き入っていた私は我に返った。

ねえ、そこから動けないの。お父さんが戻ってくるんだから逃げなよ。

けれども墓師は、聞いているのだか、いないのだか。

ある土地では。墓師は言った、

ある土地では、人は墓を飼って歩いた。

彼らは、子供が生まれた日の夜、その子を河原に寝かせる。そこで赤ん坊が手に握りこんだ小石を墓とした。みどりごが飲み込んでしまわぬよう、墓はすぐその手から引き離され、親によって守られて、子供が五つとか六つとか、墓を飼える年となったなら改めて引き合わされる。

少年なり少女なりは物心ついてはじめて、自身の墓、拳で握れるほどの小さな石を見て、墓の鳴き声を聞く。飼い主の耳にしか届かない、密かで快活な鳴き声を。墓はにゃあにゃあと言った、墓はめえめえと言った、墓はざむざむと言った。

墓は飛びはね、駆け回り、ほんの時たま餌にありつく。墓が求める無二の甘露は、人の浮かべた涙である。人が苦しみに、悲しみに、喜びに、それともただ眠気に促され涙を流す時、墓はそっと滑り寄り、湿った眦《めじり》を拭ってやる。墓が雫を吸い取って肌を乾かすそのうちに、心の痛みは少しずつ引き、高ぶりは冷め、眠気は風に消えていく。

墓は理想の番犬である。ある老いた女性が墓を連れ歩いていた折に、その土地では見かけない旅人に出くわして、墓は勇躍、旅人の顔めがけて体当たりを喰わせた。眉間を押さえてうずくまる旅人に対して、墓が更なる打撃を加えようとするのを見て、女性は慌てて亡き夫のことを思い返し、涙を流した。すると墓が彼女の頬にすり寄ったので、額に痣をこしらえた旅人はようやく一息つくことができた。

女性は彼に詫びてから、墓の生きよう全てを教えた。墓は主を裏切らず、主を傷つけようとする敵にまるで容赦しなかった。他人を害そうとした者が、その墓によって返り討ちにあい、殺されることさえ時折あった。

誰かと誰かが諍《いさか》えば、互いの墓が身をぶつけ合い、欠けんばかりに火花を散らす。それに気づいた飼い主たちは己の墓を傷つけまいと、涙するために記憶を手繰る。人間同士が悲しみに暮れ、各々墓に慰められて、敵意は霧消し、喧嘩も収まるのだという。

額の怪我を治すため、何夜かその土地に留まった旅人は、女性が病のために亡くなった日のことも見届けた。

人が死ぬ時、墓もまた死んだ。

人が死んだらその瞬間に、飼われた墓も息絶えて、鳴くことも動き回ることも忘れてしまう。残された人間たちは、墓の亡骸を河原に運んで、川の中へと投げ入れる。人の長い一生で育まれてきた涙の粒は、僅かばかり墓を太らせている。涙を乗せた墓がやがて海に辿り着いた時、死者の魂はため込まれた涙とともに、海に溶けていくのだという。

河原の石が尽きないのは、人に隠れて墓と墓とが睦みあい、子を成すからだと、女性は生前、旅人に教えてくれたが、その話をすれば、揶揄《からか》われたのだろうと会葬者たちは笑った。だってあなた、墓が子供を作るなんておかしいでしょうと。

我に返って、私はまたも呼びかける。

こんなところで倒れてないで。やって来るから、墓狩が。

それでも墓師は横たわったまま、わずかに口を動かすばかりで。

ある土地では、墓師は言った。

ある土地では、人は目を塞いで墓を作った。

誰かが命を手放した瞬間、居合わせた者はすぐさま目を閉じる。その目を決して開けてはならない。瞑目したまま人を呼び、呼ばれた者は視界を覆う布を人数分用意して駆けつける。彼らは目隠しした上で、誰も死者を見ぬままに墓地へ向かって運びだす。むろん、時にはつまずいて、その亡骸を取り落とすこともあれば、進むべき道を間違えて、墓地にたどり着けないこともある。それでも彼らは、無理を通して葬る場所を選び出し、スコップであるいは素手で、土を掘り骸を埋める。死者が地底に隠れてもまだ目隠しを取ってはならず、目印となる杭を打ち立てて、その場を立ち去る手順である。

死者は人目を気にするからだ。見られることを恥じるからだ。

死とは、来世へ向かうための練習に過ぎず、他人に見物されてしまうのは、どうにもこうにも気まずくなる。私的な行為の真っ最中に、もしも知人と目が合ってしまえば、恥じらいのあまり死者は練習をやめる。恥の想いは墓から溢れ、生者を打ちのめしてしまう。

墓を見るのが許されるのは、その地にたまたま通りすがった、故人と無縁の他人だけだ。死者が葬られた日の晩、新たな朝を迎える前に、目印の杭は彼らによって探し出されて、引き抜かれた末ごみと一緒に捨てられる。

人々は、自分たちが手探りで作り上げた大切な誰かの墓について、場所を知る術すら失って、杭を抜いた者に尋ねることしかできない。

夫の墓は、涼しい影の中にありますか。

娘の墓は、鳥の鳴き声がよく聞こえますか。

祖母の墓は、よい練習の場になっていますか。

この土地に足を踏み入れたばかりに、問われる役目を負った者、彼らは墓師と呼ばれたが、墓師はそのひとつひとつに答える。彼らは謝礼を受け取るが、長く墓師を続けることはできず、やがてその地を去っていく。どれだけ赤の他人といっても、死者が抱く僅かな羞恥は生者にとって毒であり、見れば見るほど墓は人を汚すのだ。

右足の小指が黒くなり、その地を立ち去る直前に、墓師は問われた。

父と母と兄と妹との墓は、ちゃんとありますか。

見えなくても、ちゃんとありますか。

火事で家族を失って、そう問う者に、墓師は答えた、だいじょうぶ、間違いなくある、目印の杭を引き抜こうとも、死者の寝床が見えなかろうとも、瞼《まぶた》の裏には、いつも必ずあると。

私は墓師に干菓子と水を与えた。既に日は傾いていた。

ある土地では。

ある土地では、人がまだ生まれる前に、墓をこしらえるようになった。

彼らは、子供が母親の腹を蹴り始めた頃合で、陶器の墓を庭に置いた。

作物の育たぬ土壌と厳しい冬のため、死産もよくある土地柄が、その墓づくりに向かわせたのだ。前もって、大人と変わらぬ一人前の墓を建てたならば、大人になって死ぬために子供が無事生まれるはずだという、それは祈りで、裏切ったならば信用を失うという、生死を司る者への精一杯の脅しであった。

けれども、死産は減ることはなく、母親がまだ身籠る前や、男と女が婚姻を遂げた日、少年と少女が出会った日に墓を作ることさえ始まった。やがて世代を経るにつれ、先取りはさらに早まって、生まれる前の子供の子供や、その孫、曾孫の墓まで作られた。いま産声を上げたばかりの赤子や、いま看取られたばかりの赤子の、三代後の墓が既に立っていることも珍しいことではなくなった。

死ぬどころか生まれる見込みすらなくなった人の墓を、しかし彼らは壊さなかった。むしろ、この世に生まれなかった子の子の子の子の墓のために、手を合わせて祈ることも厭わなかった。庭を埋め尽くす陶器の墓は、この世に生まれてくるはずだった命の証であり、世の終わりが来る時、生死を司る者は、彼らに命を与えなかった咎で裁かれるのだ。旅人もまた、生まれざる者たちのため手を合わせた。

ある土地では、人は墓を楽器として作る。撫でることで音を鳴らす弦楽器の一種として。死者が生前記した楽譜が、金属板に刻まれて、その傍らに置かれている。夜、墓地には死者を想う人たちが集まり、楽譜を頼りに、打琴を喇叭《らっぱ》を太鼓を横笛を弾き鳴らす。喧騒の中に響いている微かで仄かな旋律は、墓から流れる音である。生者が演奏をやめてしまえば、死者も弦を手放すから、見えざる伴奏者に気付かぬ体で、彼らはともに音楽を奏で続ける。旅人は、重なる無数の音の中に、せせらぎのように静かに流れる死者の演奏を聴いた。

ある土地では。墓師は語った。

ある土地では、人は墓の中に暮らした。代を重ねて死者が増えるうちに墓と墓が繋がり大きな濠を作ったが、互いの一族が絶えた後は、誰もいない空洞が残った。

ある土地では。人は死ぬまで墓を作った。物心ついた日に旅立ち、生涯を旅に捧げ、靴に白墨をくくりつけて、その足跡が描いた白い線を墓とした。

ある土地では。人は墓を食べた。訪れる人がひとかけらずつ砂糖細工の墓を削り取って、墓の全てが人の腹におさまった時を別れの日に定めた。

ある土地では、人は墓に仮面を被せた。

ある土地では、人は墓を貨幣に選んだ。

ある土地では、人は墓を吸って舞った。

ある土地では、人は墓を星空に描いた。

ある土地では、人は死ねば墓になった。

ある土地では、ある土地では、ある土地では。

墓師は言った。

ある星では。

いつ終わるとも知れない戦禍の果てに、やがて墓を作ることが禁じられた。

死者を悼み懐かしむことは、すなわち過去に後ろ髪を引かれることである。前へ前へと進むべき我らにとって、墓は、歩みを阻む足枷に他ならない。大河の流れをせき止める土嚢、列車を脱線転覆させようとする置き石、それこそが、墓と名付けられた、この世で最も古き呪いの正体なのだ。

私たちの大地は、過ぎ去った者のためではなく、今いる者のためにある。微睡《まどろ》みを貪る者のためでなく、目覚めて生きる者のためにある。

地上は亡者の土地にあらず、地上は生者の土地である。

亡霊に惑わされることなかれ、幻影に縋ることなかれ。

墓を作ることは許されなくなり、墓を語ることもまた禁じられた。

石で作られた墓は蹴倒された。彫られた墓碑銘は削り落とされた。椅子は脚を折られ野に晒された。石の河原は水底に沈められた。

庭を満たした陶器は割られ、楽器は壊され楽譜は裂かれ、濠は埋められ、白墨の線は消され、砂糖細工は崩されて、墓師は一人また一人と墓狩に捕えられ、いずこかへと消え帰らなかった。

仮面は壊され、貨幣は潰され、煙は散らされ、望遠鏡は取り上げられて、そして人は死ぬことを禁じられた。新たな墓が生まれないように。

死者を想って泣いた者も、死者の名を口の端に乗せた者も、また消えた。なんとなれば、呪いを撒き散らすことは罪であるから。

誰もが墓を失って、もう誰も死者の生まれることのない楽園が現れた。

ゆえに墓師は墓になった。

そう墓師が語り終えた時、父が私と墓師を見下ろしていた。

墓師は去った。あれから何年も経ったが、父は墓師がどうなったか教えてくれなかった。

それが墓狩の掟だと告げた。

もう伝える術はないかもしれない、けれど私は、いつかあの墓師に伝えられることを信じている。

だいじょうぶ。目を閉じれば、この世のあらゆる死者のための墓は、私の瞼の裏に、今も黒く疼《うず》いている。

自分は立ち上がる。亡命は失敗した。

扶養

もう何年も前の話になる。

私はその頃、それなりに多忙な生活を送っていた。二十代の大半、どうしても働くことに熱心になれず、また運悪く劣悪な職場ばかりで、フットワーク軽やかに転職を繰り返してしまった。やがて面接の際、若さのわりに長大な職務経歴に眉をひそめられては、堪え性のなさを厳しく指摘された。ところがなぜか、その社長にはひどく面白がられて、設立して間もないＩＴ系のマーケティング企業に拾われた。社長は有能な人格者で理不尽な扱いもなく、職場の人間関係もしごく良好、私は初めて日々に充実を感じながら、仕事に取り組むことができた。会社は数年掛けて着実に成長していき、私はいつしか一人、二人と指導する後輩を抱え、驚くべきことに「やり甲斐」を得て、自主的に仕事に没頭するようにさえなった。そんな頃のことだ。

その日の午後三時過ぎ、私は大型商業施設内の、とあるパティスリーにいた。会社では毎年の社長の誕生日（休日の場合はその前後）、社員でお金を出し合って特注のケーキをワンホール、プレゼントすることになっていて、予約したケーキを受け取り、会社に持ち帰るのは毎年、この私の役目だった。その恒例行事が始まった時、一番の下っ端だったので任されて以来、多少立場が上がっても何となく、それを続けていたのだ。その日も取引先との定例の打ち合わせの帰りに、うまいこと立ち寄る段取りにして、実際にうまいこと立ち寄った。そのパティスリーは店内飲食もできて、そういう場合、私の楽しみは予約したケーキとは別種の、幾つかのケーキをついでに、自分一人だけ食べることだった。社長もそうだったが、私もかなりの甘党だった。

私がケーキを三つばかり注文して、紅茶をお供に一心に飲食していると、ふと斜め前から視線を感じた。見ると際立って透明感のある麗しい一人客の女性が、片手に文庫本を開いたまま、こちらをじっと見つめている。その眼差しは凜々しく眩しく、直視がためらわれるほどだ。卓上の皿にはケーキをぺろりと平らげた跡、ポットから注いだ紅茶を優雅に飲みながら、しばし読書に耽っていたのだろうか。麗しいと言っても、鼻から下はマスクに覆われていて（紅茶を飲む時だけそれをずらすのだろう）、そういう場合は得てして、下品な形容をすれば「何割増し」かに見えるものだが、しかしこの女性に限ってはむしろ、マスクによって輝きを抑制されている印象が強くした。もうひとつ下品な形容を重ねるなら「ものが違う」というか。

私がためらいがちにじっと見つめ返すと、彼女は思案げに視線を逸らして、手元の文庫本に目を落とした。決まり悪そうな素振りは微塵もなく、おそらくただ単にふと目を上げたら、そこに私がいただけなのだろう。いい歳をしてあまりに美味《うま》そうにケーキを食べていたので、その姿ががっつく犬か何かに見えたのかもしれない。私も余裕があったならそれから、ちらちらと彼女を見てしまったかもしれない。それほどの麗しさをそなえていたから。しかしその時、取引先の担当者からちょっとした問い合わせが来て、それに返信をした。そのまま数度遣り取りしながら、残りのケーキを食べた。そうするうちに私は彼女の存在をすっかり忘れていた。仕事脳に切り替わっていたのだ。

仕事の連絡のせいで十分に味わえなかったことにやや不満足を感じながらも、飲食を終えて口もとを拭き、席を立った時、まだ斜め前の、同じ席に座ったままの彼女に気付いた。文庫本は閉じられていて、なぜかまた私の方をじっと見つめている。私はどきっとして、しかしおもむろに目を逸らすと、仕事用のリュックを背負ってレジ台の方へと向かった。これがドラマなら恋の始まりというような甘い展開もあるかもしれないが、現実にはありえない。そして予約したケーキを受け取り、店員に礼を言って、エスカレーターの方へと歩き出した。今しがたの取引先との遣り取りから、帰社後に対応すべき小事が生じていて、そのことについて考え始めた。また仕事脳に切り替わりつつあった。

その時、にわかに背後から急《せ》くような足音がした。「あの、すいません」と続けて澄んだ声が立った。あくまで自分が呼び止められたのではないという素振り、何かあったのだろうかという顔をして振り返ったら、そこに彼女がいた。一メートルに満たない至近距離、ちらちらと周囲に目を配ってみても、身近には他に誰もいない。私はくるりと向き直り、胸に微かな高鳴りを感じながら、もしかして自分ですかという怪訝な顔をしてみせた。彼女は潤んだ瞳でじっと私を見つめながら、その胸の膨らみに両手をあてて、こう言った。

「英気を、養ってくれませんか？」

「えいき？」

彼女はこくりと頷き、目を閉じて両手を胸にぐっと押しつけ、すうっと深呼吸をした。そして目をぱっちり開けると、その両手を祈りのかたちのように、あるいは何かを包み込むように丸めながら、私のほうへ差し出した。そしてぱっと両手をひらきながら、その手のひらをとんと私の胸に押しつけた。私は軽い衝撃を受けて一歩、ふらりと後ずさった。何が何だか分からず狼狽する私をよそに、彼女はその目に力強い輝きを湛えて、小走りにその場から去っていった。いったい何だったのだろうか。もしかしたらちょっと、頭がおかしい人だったのかもしれない。それが率直なとっさの感想だった。そういう女性は見目麗しければ、ある種の不思議な魅力を持つだろうから。

翌日から五日間、私は溜まっていた有休を取り、会社を休んだ。日頃からちゃんと消化するように社長に言われていたので、その間の業務もすんなり後輩に割り振られた。有休五日目、私は寝間着のままベッドで見たネットニュースで、長期休養していた一人の女優が復帰することを知った。それは間違いなくあの彼女だった。もともとその類の有名人には疎く、忙しくてドラマなどもほとんど観なくなっていたので、名前すら知らなかった。写真ではマスクは着けていなかったが、あの時の麗しさ、眩しさの印象そのまま、それを何倍にも増幅したような凜とした存在感を放っていた。多忙のあまり体調を崩して休養を取っていたが、シングルマザーの経営者を描いた連続ドラマの主演として鋭意、女優復帰するという。そのドラマの主題歌を歌って、同時に歌手デビューもするとのことだった。「お休みを頂いた分、お仕事に全力投球していきたいです」と語っていた。

私は強引に強硬に有休を延長して、一日残らず使い切った後、辞職を申し出た。社長や同僚の慰留をにべもなく撥ね付け、退職の理由も一切語らず、とにかく「辞めます」の一点張り。最後には人格者のはずの社長も不快感をあらわにして、そんな態度ではこの社会ではやっていけないというような、お決まりの古臭い説教まで垂れた。後日人づてに聞いたところでは、裏では「拾って育ててやったのに」「あの恩知らず」などと吐き捨てていたという。

それ以来、私は無職を続けている。

呪い21選——特大荷物スペースつき座席

ひとのかたちをした穴が町のそこかしこにある。この穴のなかにひとが入っているあいだ、そのひとは消えている。消えているのだから、話しかけてはいけない。頭を叩いてはいけない。虫やマグマのふりをして覗き込んでもいけない。けっこう、火山が噴火する場だった。最初の穴はマグマのせいでできて、それをみんながまねしていったといわれている。本当かどうかはわからないけれど、由来があるのでもろもろの呪いはそのなかに収まることができた。これをどうにかしないといけないと思いつつ、でもぜんぶの映画が呪いを最大で最大公約数にもした。無闇に変えてはいけない。そのひとは消えているのだから。

○

本棚の上に寝そべられるくらいの身長がいい。ひとが本棚と天井のあいだに寝そべっているあいだ、そのひとは本になっている。本以外と間違えても構わない。サボテン、虫、人形、ボールペン、ノート。本棚の上に置かれていそうなものだといい。奇をてらってとっぴなものと間違えるのはやめた方がいい。たとえば?海とかマヨネーズとか。そういわれて、マヨネーズがまざった海を想像した。とても気持ち悪い。ぜんぶマヨネーズだったらいいと思った。ブゥバッチン!ひとが本棚と天井のあいだで寝そべるのをやめて、そのひとは

○

机と椅子を変える。缶コーヒーをやめてドルチェグストをレンタルする。それだけで家があたらしくなったよう。机と椅子を変えると光があたる位置が変わって、それはつまり視覚が変わったということ。かなり、ハッピーライフ。本を開くと、「肝試しにいきたいですよねえ。ねえ竹山さん肝試しにいきましょうよお」と書いてある。「なんでだよ!幽霊が住んでる家にいって幽霊が出てきておどろくなんて、中華料理屋にいって中華料理が出てきてお

どろくようなもんだろ！いい加減にしろ！」と書いてある。なるほど、と思い、マジックで腕に書きうつした。両腕になった。うちにきたひとにいってやりたい。

○

犬に手を入れると無限に吸い込まれる。だから、手首のところでとめた。えらい。犬のおなかにわたしの右手が埋まっている。だから、わたしの右手は横向きの犬なんだ、といった方がわかりやすいかもしれない。いままでのようにして右手を使っていては犬が激しい動きで酔ってしまうから、常に右腕を水平に保つようにした。これで犬の三半規管も安心だろう。右腕だけが、とてもつらく、わたしはわたしの困難によってなにかを守っている気になれました。そのうち全身が犬になる。

○

自己犠牲によってでしかイノセンスに到達できない。それがつらいなあと思って、わたしの心のゲージの端と端をカッターで切る。切り取られた極限と極限を、一応なくさないようにメガネケースに入れた。でも、残った心の端と端は、端というだけで極限になるらしい。端と端を元に戻し、端と端をつなげて心を輪っかにした。苛烈さを目指さないように呼吸を遅くし、牧歌的なイノセンスをねつ造する。最初のうそは、それがうそだということを絶対に忘れられる。

○

とんびが肉まんをたべる。河原で肉まんをたべていると、後ろからやってきてブゥバッチン!と肉まんだけをさらっていく。下手なとんびもいて、手をくちばしでえぐられて血まみれになったことがある。わたしのことナメてるんだ。こらしめてやろうと、後ろからやってきたとんびを殴る練習をした。反射神経を鍛えた。でも、意味はなかった。なぜなら鳥よけの電波が河原上空に流されたから。肉体だけ、なにもないのに動いてしまう。それを、見た

ひとは

○

犬と犬が見つめ合っている。ふたつの目とふたつの目のあいだでたましいが交換される。その瞬間を道路は覚えている。というか、見つめ合ってるときに交換されるたましいを、道路はちょっとだけ盗んでいる。土やアスファルトで固められて、どうにもできないのに、かがやきをあつめることに執着している。

○

けっこう火山が噴火した。心も壊れた。うそのテープを貼って心をつないだ。それがうそだということもテープがあることも忘れた。1000年後にテープのはしっこを見つけて、ひっぱったらめちゃめちゃ痛いんだけど、そろそろそういう時期だった。テープには心臓とあばれる炎がくっついていて、からだに飛び散ると染みになった。

○

新幹線のなかに犬が出る。車両にはわたしだけ。「新幹線がいちばんあぶない」といわれていた。犬は通路を歩く。途中でJRのひとに捕まったけど、新横浜でまた犬が出る。みっつ後ろに座って撫でられているみたいに転がる。東京で降りたとき、わたしが座っていた席に犬が移動しているのが見え、とたんにからだがなまあたたかくなる。

○

本を三冊持っていくと、一冊の本と交換してくれる古本屋がある。そこで『キャベツくん』を買った。キャベツくんをたべるとキャベツになる。ブタ、ヘビ、タヌキ、ゴリラ、カエル、ライオン、ゾウ、ノミ、クジラがキャベツくんをたべるとどうなるかが空に浮かぶ。

みんな、からだの一部や全体がキャベツになる。わたしの推理では、キャベツくんはキャベツをたべたひと。(『キャベツくん』は、文・絵 長新太、文研出版)

○

お気に入りのマグカップがとつぜんわれる。嫌すぎて原因をさがす。見つからない。やがて、もっともっと悲しいことが訪れる。もしかしてあのときのは——と、未来が過去に向かって原因を結ぶ。ひずんだ時間がおばけになる。

○

世の中にいるさまざまなマグロ。それをあつめた博物館にいきませんか?といわれる。たしかにさまざまなマグロがいる。その帰り、業のようなひとがマグロをたべているあいだ、そのひとはマグロになっている。ヨッかっこいいヨッヨッ、おだてられて、トライアスロンに参加したが、陸地がだめだった。

○

ひとがなにかをしているあいだ、そのひとがなにかを引き受けている。ひとが中華料理屋にいっているあいだ、そのひとも中華料理をたべられればよかった。犬はそう思うけれど、もうほとんど犬になってしまった。

——○○○○○○○○○○○——

新幹線のひととお茶をする。「新幹線のひとって呼んでいい?」とわたしが聞いたからだ。定期的にお茶をして、13歳のとき、呪いが発生するのを防ぐように取り決めをした。ちょうどそのころ、漫才・落語・奇術などがおこなわれていた。新幹線のひとはまだ新幹線のひとではなかったけれど、わたしの隣にいて漫才・落語・奇術などに夢中になった。「ちょっとあれやってみたいんやけど」とわたしにいってきて、漫才をやってみたいという漫才をした。
「あのな、ふたり以上の人間がな、真ん中に集音装置を置いて、そこに存在しぃひんもんをな、人間たちがシミュレーションしていくねんな。存在しぃひんもんがあると信じ込んでな、それについて複数人で議論をしていって輪郭を描いていくねんけどな、これはいにしえの時代からおこなわれていた神にささげる儀式でぇ」ちょっと待って集音装置って言い方なんなん！ブゥバッチン！

同じことをいま新幹線のひとにいっても、もうあのころのブゥバッチン！はよみがえってこない。それでいいんだ。
「あったなあー、そんなこと」と新幹線のひとはいう。

こういうしみじみとしたシーンのために、わたしはまるく切り抜かれた窓を持ち歩いていた。それをわたしの横にスッと構えると、新幹線のひとのコートに光のたまりがいくつもできた。あたたかい。

用意された光だとわかりすぎるほどわかっていても、あたたかく、目をうばわれた。

しばらくハーブティーを飲む。自律神経が整っていく。

「わたし、神さまになって世界中のひとの自律神経を整えたい。自律神経が整ったら世界平和やんか」

「ほんまなぁー」

「低気圧には酔いどめが効くねんで。気圧でかたむいて地面とのバランスを崩したからだのなかを水平にするねん」

「へぇー」

「ひとの話聞いてる？」

「超ベリーグッド」

ばちくそむか〜、と感じるわたしを即座に自覚した。わたしは新幹線のひとにむかついた、そう、言葉で思ってわたしをわたしたちから引き剝がす。

「ふぅー。いまの一瞬で呪いの芽を摘んだわ。えらない？」

「えらいえらい。あ、いったことあるっけ。わたしさあ、芽ネギのおすしがいちばんすき」

「えー玄人ぶって。芽ネギなんて車の車種でいったら――」

「やめてやめて。そんなんいらんから」

「ごめん」

「呪いを防ぐお茶会やんか。本末転倒やん？」

ほんまやな！といって、そこからはシャボン玉をしたが、テラス席をべちょべちょにしてお店のひとに呪いが発生してしまったかもしれない。わたしと新幹線のひとは落ち込んだ。しばらく会わないでおこうと決めた。

○

部屋の人形やぬいぐるみぜんぶで円を作って、部屋を快適にする会議をする。わたしはというと、円の真ん中にいたけれど、それもなんだかちがう気がして円の一員になる。円のなかには視線と言葉がある。緊張感と配慮があって、もうこれは快適だよね、と気づきながらみんなの口が開いていく。

○

箱庭をつくる。砂の上にミニチュアの建物や人形を置いていく。それらを持ち上げると砂にはあとが残る。わたしは、痕跡の方がじっと見つめることができてしまう。痕跡とわたしのあいだで往還するなにかを涙にすることがわたしの持続可能だった。

○

雨が降り続いてなんにもできない。低気圧には酔いどめが効くのだと教えてもらう。散歩に出れないのでたましいを飛ばす。目をつむって、どこか空間をイメージするとき、そのなかにいつも知らないひとが立っている。ななめ左、ななめ右、左端、右端、正面。ゲームみたいに、立ち位置がいくつかに決まっている。

○

散歩をする。川向こうのあのあたりにいこうと決める。膝の上にパソコンを開き、最近は屋外で原稿をしている。画面の外に動くものがある。画面の外からやってくるものがある。それがとても安心になる。「短文」の仕事がかぶる。これと、もうひとつは、掌編小説と絵本のテキストの中間のような文をあつめたもの。『岩とからあげをまちがえる』（ちいさいミシマ社）。子どもと、子どもみたいな大人がたのしい本になると思う。出たらよかったら読んでね。

○

キヨちゃんですか？と聞かれる。ちがいます。「はい」といってしまった場合のその後を想像する。こんな風に分岐をいくつも作っておく。その分つらくなるかもしれないけど、大惨事が起こったとき、心の隅に空気がたまっているので、吸うか残すか選べるかもしれない。

○

海に浸かった顔面のような模様ばかりの雲が流れては、傷口みたいに開いていく。そこから光が漏れてくる。光に圧迫されて開くのかもしれなかった。夕方5時には、鳥にエサをあげるひとがやってくる。河原は空も光も巻き込んで、大恋愛のように加速する。

○

新幹線のひとと再会する。この三年、心を鎮めるためにわたしは彫刻ばかりほっていた。でも鎮まったのはわたしだけだ。世には呪いがあふれていた。新幹線のひとはというと、超能力を開発しようとした。こんなんは脳の偏桃体とホルモンバランスや、と新幹線のひとは思った。いまは一本の木になってわたしの目の前にいる。わたしは木のようになった。わたしとあなたはわたしとあなたを謳歌した。

小罎

村の灯《ひ》はまだ遠い。もう夜だ。ほとんどが平屋の家々の明かりは木々の影に見えない。ここは沈んでいる。すこし前までは夕餉の賑わいがかすかに聞こえてきていたがそれもすでに止み、あたりはひっそりと静まりかえっている。聞こえるのは虫と鳥、やわらかい土の下を蛇が這う音ばかりだ。風はほぼない。まれに吹き、よく水を含んだ重い葉が揺らぐ。その音が湿地の上を吹き渡って去っていく。聞く者はいない。大気中のみっしりと湿った粒子が、昼の陽光をため込んで、この時間にもかすかにまたたいている。光っているのはそれだけだ。村の内と外の境目にぽっかりと空いた闇だった。

南北に長い国土の中ほどにあるちいさな村だ。開発が遅れた村には木造の、平たい建物ばかりが並んでいる。堅牢な鉄筋コンクリートは一軒だけ。それも遠い国の駐在員の家族が住んでいるだけで、村の人間は——その宿舎の使用人として雇われた老婆を除いて——入ったこともない。今は雨期だ。空気も土も木々も生き物もひとしく湿り、滴る。水音がする。湿地のどこかに水たまりが生まれたのだ。よく水を含んだやわらかい土は、ちいさな動物が踏むだけでへこみ、長虫が地下を這えば盛り上がり、そうしてできたくぼみに水が滲み出す。水は思いのほか澄んでい、そこに羽虫の幼虫が泳ぎ、羽化するころにまた、ちがう土の盛り上がりによって消えていく。湿地の土は常に、それと知れぬほどにゆっくりとうごめいている。

土は建物の基礎を受けつけず、鍬を打った畝は翌朝までにゆるんで消える。何かしらの、住民たちの頭の遥か上で交わされた条約で保護されてもいるという。ずっと昔、村人たちは湿地に、豚に食わせる草の種をばらまいた。多肉性の草は豊富な水を吸い上げてよく肥《ふと》った。ほとんどの村人は、その草を取りにくるときを除いて湿地に入ることはない。とはいえ豚には残飯でも大便でも食わせておけばそれでよく、豚の草、とこの土地の言葉で呼ばれる厚い葉はふだん必要とされない。弾力あるその葉に手足をぶつけながら駆け込むのは幼い子供くらいのもので、その子らも、じめじめするばかりでなにも楽しくない湿地にすぐに飽きる。だからいつも静かだ。

その湿地には男がいるという。一人のこともあれば二人や三人のこともあり、最大でおおむね七人といったところだが、実際に現れるのは一人だけだ。男はくらい色の上下を着ている。ブーツも軍帽も似たような色だ。熱帯から温帯にまたがる肥沃な国土は、その大半が田畑として開墾された。あとは森だ。この国のほとんどが深い緑に覆われていて、自然と軍服もその色で染められた。温帯に属する北軍はその植生にあわせてやや淡く、熱帯の南軍はより深い緑に。ぐるりに庇《ひさし》のついた軍帽の正面中央に赤いちいさな徽章《きしょう》があるが、暗闇のなかではその鮮やかな色も見えない。

男は俯き、湿地に繁茂する多肉植物の間をさまよっている。泥に足を取られるようにときおり立ち止まり、すぐにまた歩き出す。泥から軍靴を乱暴に引き抜く水音がすこし遅れて聞こえる。なにかを呟いている。深く痩けた頬に差す影も闇のなかで見えない。その影が震え、また何かを言う。呪いのようでもあるし祈りのようでもある。男は立ち止まり、持っているわけでもない銃剣を湿地に突いて屈む。銃剣は地面に沈みこんでしまうから、立ち上がるときには役に立たない。

何かを拾いに来ているのだ、と村の人々は言う。何かは誰も知らないが、ぶつぶつと呟いているのはきっと、彼が探しているものの名を呼んでいるのだ。しかし男が呟く声はいつも、蛇の這う音にかき消されて誰にも届かない。

ときおり怯えたように目を上げる。そこには闇があり、厚い葉のずっと向こうに村があるが、男の目は違うものを見ている。不安げな眼差しをすぐまた俯かせ、ぬるんだ土の上をさまよいはじめる。虫の声がその足取りを追うように動き、彼の足元で新しく水たまりが生まれ、ほどなくして消えていく。

男は湿地の一箇所で姿を消す。その瞬間を見た者はなく、だから何も憶えてなどいないはずなのに、強いて思い出そうとしてみると、その場所でよろめき、輪郭が揺らいで崩れていくさまを、たしかに目撃した記憶が蘇ってくる。男の声が不意に高まる。思いのほか高く、震えている。Tôi tên là ——いつもそこで声は途切れる。それが何かの意味を成す言葉であると、男自身忘れているようでもある。声はすぐに湿った空気に吸われて消えて、濡れた土と植物の有機的な匂いだけが残る。

遠くから古いエンジンの音が近づいてきた。トヨタ車だと村の誰もが知っている。村長が米軍払い下げのジープを、駐在員がその、トヨタのバンを所有していて、村に車はほかにない。バイクが数台だけだ。エンジン音は細い道を幾度か切り返しながら進む。駐在員、という言葉は聞かされたものの、村人たちは、一年ごとに入れ替わるその駐在員が何のためにこの村にいるのか知らない。ときおり村長と連れだって田圃を見に来、英語で何かの言葉を交わしているから、米に関わることなのだろう、と思っている。いずれにせよ作った米は家族で食べるぶんを除いてすべて村長が買い上げてくれるのだから、その先がどうなっていようと知ったことではない。

タイヤが小石を嚙み、こすれる音がする。少年は疲れ果てて眠っていて、その音にも気づかない。

今日も学校に行かなかった。この国には彼の本国が設置した学校もあったが、それはかつて南北それぞれの首都だった大都市にあって、村からは遠すぎる。それで彼は、村の子供たちに交ざって現地の小学校に通うことになっていた。しかし少年はこの国の言葉を知らず、子供たちはもちろん、教員も彼の喋る言葉を理解できない。英語だけは彼も少し喋れたが、それは現地の子供たち同様ひどく拙く、自己紹介をして好きな食べ物を挙げるだけでは、溶け込むことなどできはしない。子供らも一年ごとに入れ替わる黄色い肌の同級生に慣れきって、ただ異国の人間というだけでは珍しがることはない。性別以外のちがいはわからず、自分らの言葉で意思の疎通の取れない——言葉としてではなく音をそのまま暗記したようなぎこちない発音で挨拶をして、名を名乗って、それで語彙が尽き黙り込む——駐在員の子が、サッカーなり絵なり、言葉がなくとも伝わる特技を持っていないとわかると、もう構うのをやめてしまう。

　最終学年に編入されたものの、真面目に登校したのは最初の二、三日だけで、知らない言葉を浴びるのに疲れるとすぐ学校を抜けだすようになった。教員も彼を呼び止め叱るための言葉を知らず、かといって校長に報告して外国人の駐在員と事を構えるのも厭《いと》わしく、口を噤《つぐ》んでいる。

　今日自分がどこで遊んで時間を潰したのか、少年は憶えていない。村人たちは彼が授業をさぼって出歩いていようと構わないらしく、目が合っても微笑むばかりで、彼が入ってはいけない場所——田圃や川辺、先祖代々の墓、寺院——に近づいたときだけ、鋭い声で何か言う。見守られているようでもあるし、監視されているようでもあり、少年はいつも最後はこの湿地にやってくる。厚い葉で見晴らしがきかないからか、ここにいれば何も言われることはない。少年の軽い体重では泥に足が沈むこともそうない。

よく水分をふくんだ空気は日が傾いても蒸し暑い。身体が火照っている。土の下に岩がひそんでいるのか、あるいは木の根が波打ってでもいるのか、湿地の一角にいつも乾いている場所がある。夕方、一人遊びに飽いた少年はそこに横たわった。厚く輪郭の丸い葉の向こうに夕空が見えた。今は鳥は飛んでいないが、鳴き声はどこかから聞こえた。手を伸ばして葉を折り取ろうとしたが、多肉性の葉は思いのほか弾力があり、片手では折れなかった。身を起こし、力を込めて捻ると不意に、指の間で葉の組織が潰れるのを感じ、それと同時に液体が飛び出してきて目を閉じる。液体は彼の身体ではない場所に落ちた。草全体が彼の身体を覆うようにゆさゆさと揺れていた。目を開けると、ねじ切られた断片から液体が滲み出していた。その色は見えない。鼻に近づけると青臭く、囓《かじ》ってみると舌がぴりぴりと痺れ、すこし遅れてひどい苦みが広がった。不味《まず》、と呟く言葉は誰にも聞こえないし、聞こえたところで理解できる者はこの村には少ない。口から出した葉の断片を遠くに放り、液で濡れた指をズボンで拭った。

再び仰向くと、だいぶ色を濃くした空を虫が横切った。さっきまで背中の下でつぶれていた雑草は、彼が身を起こしていたわずかな間に再び力を取り戻して、うすいTシャツをちくちくと刺してきた。名前を知らない羽虫をいくつも見送るうち、身体の熱さと地面の熱がひとしくなって、少年はいつの間にか眠り込んでいた。

顔も思い出せない、故郷の島国でずっと昔に死んだ祖母に窘《たしな》められたいくつかの言葉が、目覚めた瞬間、夢の残滓のように頭にこびりついている。夜中に口笛を吹くと蛇がやってくる。日が落ちてから爪を切ると親の死に目に会えない。朝の蜘蛛は生かしておき、夜の蜘蛛は潰さなければならない。仏壇の蠟燭を団扇を使わずに吹き消すと死者が墓から蘇る。少年はもちろんその禁忌をひととおり犯した。蛇はやってこなかったし死者も蘇らなかった。両親はともに健在だ。父の仕事の都合で――駐在とか生産管理とか、ちょっとした休暇と思えとか、父が母に居丈高に説明する言葉のほとんどは、少年には意味の取れないものだった――越してきた家の仏壇は、故郷のものとは風合いがことなっていた。これなら死者を蘇らせる力があるかもしれず、いつか両親や使用人の老婆の視線のない場所で吹き消してやろうと思っているが、けっきょくそんな機会は父の駐在が終わるまでの一年間に数度しかなく、それも彼が躊躇っているうちに逃してしまった。

星は見えず、どうやら曇っているらしい。身を起こすと辺りは真っ暗だった。耳慣れた父の車の音を聞いたような気がしたが、それは夢のなかのことだったかもしれない。じっとりと汗ばんでいた。空気中の水が、気温が下がったことで彼のTシャツに染み込み、スカイブルーの生地はその色を濃くして、暗いなかでは黒に見える。乾いた一角は狭く、寝返りを打とうとして突いた手が水を含んだ土にめり込むのを感じたことを憶えている。遠くから誰かの笑い声が聞こえてすぐに消えた。身体の下に敷いてしまっていた左腕がひどく痺れている。力の入らない腕をぶら下げて立ち上がると遠くを影が横切るのが見える。

かつてこの土地で戦争があった。少年の机だけはいつまでも残されている教室で声が言った。宗主国との戦争ののちに独立を果たしたものの、国は南北に分裂した。両者の争いは、ことなったイデオロギーを掲げた二つの大国の代理戦争の様相を呈し、南の首都が陥落して戦争が終わるまでには長い時間が必要だった。教室に居並ぶ子供たちの親はいずれもその戦争を経験してい、この村にゲリラ兵らが潜伏していたことも、すぐ近くの湿地で激しい戦闘が行われたことも、踏み散らされた多肉植物の間に倒れていた数十体の身体を、生き残りの兵士とともに埋葬したことも憶えている。

ここから遠く離れた異国の地方都市で、その戦争の終結と同じ日に少年の父は生まれた。戦争を題材とした作品を父が読みながら育ったのは、反戦運動に参加していたその父親が、終戦と息子の誕生の符合に何かしらの宿命的な意味を見いだしたのか、息子の成長に合わせて絵本なり漫画なり、その戦争に関連した作品を与え続けたからだ。少年の実家にはそういった作品がいくつも残っていたが、親に促されずにそれらを手に取るには彼はまだ幼い。そしてその全てを、父は本国の、過疎の進んだ郷里の家に置いてきた。なんらかの形でその戦争に参加した国は数多く、それぞれの国で、それぞれの立場から戦争は描かれた。手記や映画や小説や、そういった作品のすべてをみることはとてもできない。少年が知っているのは、この国に来たときに国道で見かけた、WARの文字の入った巨大なモニュメントや、気まぐれに開いてすぐに閉じた写真集の、殺した兵の肝臓を食らえば強くなれるという伝承に従って切り開かれた腹、スクリーンのなかを浮上するヘリから傷痍兵が見下ろす熱帯の密林くらいのものだ。湿地はその密林が果てた辺りにあって、戦闘はどちらの軍の勝利とも言えないほどに、双方に大きな被害を残して終わった。ジープやトラックも破壊された。兵らの遺体を前線基地《キャンプ》まで運ぶことすらできない。この湿地そのもののように泥沼に陥った戦争はいつ終わるとも知れず、そのころには湿った土の底で、遺体は腐り落ちて骨だけになっている。

北軍の傷痍兵の一人が、入院中に提案したのが、小罎《こびん》を使うことだった。希釈して消毒に使うためのホルマリンを小分けにした、大人の親指ほどのちいさな罎を衛生兵はいくつも持っている。鼻を突く薬品の匂いの染みついた罎を開ける。名前と所属、戦闘の起きた日付と場所を紙切れに書きこんで罎に収める。そして軍用油をたっぷりと満たす。罎は身体から離れないよう、死者の口に噛ませておく。埋葬した場所さえ記録しておけば、ずっと後、この国が平和になってから骨を掘り返し、故郷に帰すことができる。戦友を悼むための儀式としてその風習は北軍に広まり、衛生兵は空になった小罎も捨てずに持ち歩くようになった。

弾も戦意も尽きた兵士らは、砲声や断末魔の耳鳴りでふらつきながらも、延々とその作業をしていた。罎が足りなければ近くの村から接収する。敵兵の死体は祈る前に一度蹴っ飛ばしておく。彼らはもしかすると戦闘そのものより熱心に、目を血走らせて作業を続けた。湿地には軍靴や銃弾に掘り返された湿った土と、亜熱帯の空気に早くも匂いはじめた肉の臭気が立ちこめ、うっすらと色づいた靄《もや》すら漂っている。そのなかを兵らはさまよい歩き、遺体を見つけるとしゃがみ込んでドッグタグを引き寄せる。その金属音が、水気をふくんだ足音のなかで大きく響く。戦闘が終わったのを察した村人が、家に眠っていた、調味料や何が入っていたかも忘れた小罎を携えて、木々の向こうからこわごわと覗いていた。

部隊は次の戦地へ移動していった。残されたのは踏み荒らされあちこちにいびつな水たまりのできた湿地だった。繁殖力の強い多肉植物はそのほとんどが数日で生気を取り戻した。季節が変わるころには湿地の風景のほとんどが元通りになった。やがて南側の首都が落とされ、はるか遠くで少年の父が生まれた。父も、その両親も産科医も、ふたつの出来事が同時に起きたことをそのときは知らない。湿地の土はゆっくりと、そのなかに住まう虫や蛇も気づかないほどの速度でうごめき、揺らぎ、対流をつづけ、小罎はそのあるかなきかの流れに誘《いざな》われて死体の口からこぼれていく。そして湿地のなかでも比較的乾いた場所に流れ着く。泥土の底に沈む岩、波打つ木の根、掘り返されることのなかった軍帽。歴史を語る小罎はそうして見失われる。

戦争は二十年ほど続いた。北側の勢力は百十七万人を、南側は二十八万人あまりを失い、うちの三十一人がこの湿地で死に、その数字にふくまれない七本の小罎が、退役兵らの熱心な発掘作業でも見つからず、いつまでも湿地に沈んでいる。

少年がその戦争のことを——人生の短い一時期を過ごした土地がかつての激戦地だったことを知るのはずっとあとのことで、そのころにはもう、自分が蒸し暑い夜に目にしたことを忘れてしまっている。

影が厚い葉の間を歩いている。猫背だ。水音が聞こえた。泥に足を踏み込み引き抜く音だった。引きつけられたように目が離せない。闇のなかで影が身につけている服は暗く、色の濃い汚れが染みついて黒々と沈んでいる。狭い庇のついた帽子をかぶっている。不意にこちらを見、すぐに逸らした。痩せている。ふと影が姿を消し、湿地に静寂が降りるが、少年が知らず詰めていた息を吐き出すより早く立ち上がって、また歩く。ぶつぶつと低い声が聞こえる。その声は蛇の這う音のようにかすれて聞き取れない。聞き取れたとしても、この土地や人に馴染むことができず、父の任期が切れる日までを数えるばかりの彼は、最初のころはがんばって憶えていた挨拶や自己紹介のような初歩的な表現すら忘れてしまっている。

影がまたこちらを見、逸らす。表情は暗いなかで見えないが、疲れ切っているということだけは、緩慢なその動作でわかる。軍靴の踏んだ地面から水が滲み出す。土がうごめく。腐り落ちた肉の臭気は湿った土に取り込まれ、終戦から数十年が過ぎた今もときおり、うねりつづける地面から吐き出されて地上の空気を汚す。村人たちはその匂いを嗅ぐと胸の前で手を組み合わせてほんの一、二秒祈るのが習いになっていたが、彼らと意思の疎通が取れない少年はその風習を知らず、臭《くさ》、とだけ呟いた。その声に引き寄せられるように影はこちらに向かってくる。

少年は金縛りにあったように動けず、これも夢の続きだと思う。夢には祖母が出てきていたと思い出す。遊びにいくといつも祖母は、柑橘に粉砂糖をまぶしてオーブンで焼いた菓子を出してくれた。季節ごとにちがう種類の柑橘を使っていて、夏のそれは酸っぱいばかりで不味かった。その味も舌に蘇る。軍帽の下の顔のところだけ、視界にぽっかりと穴が空いたように見えず、その穴に老婆の顔が嵌まり、少年は不意にそれが自分の祖母の顔だと気づく。

しわがれた女の声がした。少年の生まれるより前から駐在員の宿舎で働いている、しかしいっこうに自国語以外の言語を身につけようとしない老婆の、ひどく訛った発音で、少年の名が叫ばれている。呪いが解けたように少年は跳びあがり、近づいてくる影を迂回して逃げ出した。老婆の名を呼び返し、足首まで泥に嵌まった右足を力まかせに引き抜いて、厚い葉に手足をぶつけながら村まで駆けていった。

影は少年を見るともなく見送る。泥濘に取られた膝を震わせている。雑草が寝ていて、少年の身体の輪郭が残っている。彼は携えていない銃剣を地面に突く。湿地のなかでここだけは、土の下に何かが沈んでいるのか、いつでも乾いている。彼はその土の下に手を伸ばす。おれの名前は《Tôi tên là》——と影は言い、それを聞く者は誰もいない。

少年は帰りが遅くなったことをひどく叱られた。泥に取られた右の靴は何度洗ってもきれいにならず、少年は罰として、帰国するまでの間、ずっとその汚れた靴で過ごすことになる。親の死に目には会えなかった。

私は手の中で開かれている本より、閉じられている本が気になるようになった。

おぼえ屋ふねす続々々々

子どもたちの名前は「ふねす」。たくさんいるけれど、全員ふねす。三歳から八十九歳まで、育ちもルーツも性も異なる子どもたちだけれど、ふねす。ふねすという名前の子どもだけを集めたわけではない。図書になれる子どもを集めたら、自然とふねすという名前に変わっていったというのが正解だ。

一人一人、どこにも似たところはない。いや、多少はあるのだけど、だからといって同じ人間だとはいえない。全時代全世界どこにも、どんなに似ていても、一人として同じ人間はいない。

ふねすの特徴は、ボルヘスさんの本に書いてあるとおり、おぼえ力が抜群によいこと。

例えば、この一秒間に時空に満ちていた、カラスのくどい鳴き声、吹いている風の笛の音、風が肌をなでるくすぐったい感触、肌をなでる風の熱の中に混じった秋の涼気、車のエンジンやエアコンの室外機などが立てる耳鳴りのようなホワイトノイズ、ちぎれ雲が一瞬太陽にかかって日陰になったときの光の明暗、そのときに建物の壁の色がコバルトブルーからネイビーに変化するさま、木がそよぎ木の葉一枚一枚がそれぞれ違った揺れ方をするその震えと明滅、視界のすみを横切った柄の不明な猫、その猫の放ったすごく臭いおなら、遠くから響く乾いた銃声、下の家のベランダから漂ってくるタバコの煙の不快さ、ふねすの無意識に常に漠然とうずくまっている昔ながらの黄色いモンブランの食べたさ。

そういうものすべてを、ふねすは正確におぼえている。ふねすを通り抜けた、一秒間の情報と感覚すべてを言葉に書き尽くすことはできないけれど、ふねすは一秒間のことだけでももっとたくさんのことを鮮明におぼえている。そして連続して次の一秒に生起することも全部おぼえている。

ほらもう、この時点で、書くほうはお手上げだ。一秒すら、書ききれない。よしんば全部書けたとして、読むのに何分もかかる。するとそれは一秒間の記憶の感覚とは別物になってしまう。一瞬感が足りなくなる。だからボルヘスさんは「記憶の人、フネス」で、数行を読むだけで無限の感覚をおぼえられるように書いたんだろう。全部を書かないからこそ、無限感が出せる。真実のために捏造や演出をするのが創作ってわけだ。

でも問題は、ふねすには全部を無視して一部の記憶だけを取り出す、ということはできないという点。だから無限を演出すればするほど、実在のふねすたちの縛られてる感からは遠ざかる。どうやったって、言葉でふねすを捉えることは不可能なのだ。ま、ふねすに限らないけどね。

で、ふねすが普段何をしているかっていうと、思い出している。一秒に限ってもこんなに膨大な記憶になるのに、それを思い出している。全部まとめて、時系列とか関係なくランダムに、思い出している。十一日前の昼下がりの、日が陰った瞬間の木漏れ日の消え方と、おととしの同じ日の丑三つ時の、雲から半月が顔を覗かせたときの輝度の増し方を、同時に思い出している。思い出したからどう、ということはない。特に感想も感情もない。ただ、それが今ここで起こっているかのように、ふねすの中でそれが起こっている。

しかもふねすは、その思い出した、という事実も即、記憶して、また思い出す。日が陰った瞬間の木漏れ日の消え方と雲から半月が顔を覗かせたときの輝度の増し方を同時に思い出した、ということを思い出している。思い出したという事実を思い出すのは、日が陰った瞬間の木漏れ日の消え方と雲から半月が顔を覗かせたときの輝度の増し方を、じかに同時に思い出すのと何も変わらないから、ややこしい。

つまり、ふねすは一見、何もせずにぼーっとしているように見えて、内部ではものすごい量のことを思い出したりおぼえたりしているので、じつはもうへとへと。気がつくと眠っている。ふねすは眠らないってボルヘスさんが言うのは、嘘なんですよ。五秒間起きていていろいろ記憶して思い出したら、五分は眠らないと生きていけない。脳がもたない。

それでそのふねすが本を読むとどうなるか。もちろん全部おぼえちゃうわけだけど、知らない字でも、知らない言葉でも、知らない文字でも、知らない言語でも、全部おぼえる。意味なんかわからないけど、おぼえる。発音も朗読もできないけど、おぼえている。

だから図書になれた。ふねすがたくさんいれば、世界中の本を網羅した完全なる図書館ができるだろうという考えで集めたわけだが、ふねす一人が延々と本をおぼえ続けるので、せいぜい二人三人いればよくて、こんなにもたくさんのふねすを集めたのは浅はかな考えだった。その結果、たくさんのふねすが同じ大量の本をおぼえたため、どのふねすの内容も同じになった。どのふねすもまったく別々の人間なのに、一人のふねすがいるだけなのと同じになってしまった。

さて、問題はもうおわかりですね。ふねすたちの中に記憶所蔵された世界中のありとあらゆる本は、誰にも読めない。ふねすの中に完璧に存在しているだけで、ふねすにも読めないし、ふねす外の人にも読めない。なぜなら、ふねすは表現できないから。

だって、記憶と想起ばかりに脳が占められて、内面とか自我とか、作るゆとりがないんですよ。無秩序におぼえて自動的に思い出すだけだから、個性なんか持ついとまもない。超マルチタスクの意識を持つふねすが登場すれば、記憶と想起の合間に他人とも齟齬なく意思疎通できて、表現も成り立つようになって、体内に所蔵された本も外の人にちょっとは見せられるようになるかもしれない。でも今のところ、シングルタスクのふねすが表現するのは不可能。

ほんと、会話するのも一苦労。「ふねす、コーヒー飲みたい？」と尋ねても、尋ねられた途端、ふねすはまずその質問を記憶してしまって、それが自分に向けられた質問だと理解するのに、次々と湧き上がる記憶の森を掻き分けなければならないし、ようやく自分に訊かれているとわかったところで、今度は、自分は今コーヒーを飲みたいのかどうか自分に確認するのに、また記憶と想起の沼を越えなければならない。その間に、おぼえた今の質問を思い出して、その思い出したことをまた思い出して、答えにたどり着くまでに、何度も同じ質問を思い出すのだ。

だから、尋ねられてからうなずくなり首を横に振るなりするまでに、何分もかかる。質問するだけで、ふねすに大変な労力とエネルギーを使わせることになるので、たいていはふねすの前に黙ってコーヒーを置くだけにする。ご飯のときも、黙ってふねすを食卓につける。寝るときも、黙って着替えさせて、ベッドに横たえる。

まるで意思なんかないかのようだ、と思うかもしれない。でもそれは全然違う。個性は薄くとも、意思は他の誰とも同じ量と質だけ持っている。たんに、それを取り出して他人に示すのが難しいだけ。記憶と想起の森や沼に阻まれて、持ち出すのが大変なだけ。

食卓についていても食べたくなければ食べない。急に歌を想起して歌いたい気持ちに駆られて歌うことだってある。でも歌うそばから記憶し直して思い出すこともあって、そういうときはワンフレーズをしつこく繰り返す。繰り返せば繰り返すほど、手近にある記憶がそのフレーズばかりになって、ネズミ算式に増えて、ますます繰り返しから抜けられなくなって、稲妻が空に走るのを目撃するとか、誰かにシマウマのいななきをしてもらうとかして、別の新記憶をまぎれ込ませる必要があったりする。

それって認知症みたい、と思ったのなら、あなたは真実を発見したことになる。おぼえすぎることは、かたっぱしから忘れていくことと、ほとんど同じ。でも忘れ屋さんが意思を失ってるわけではないでしょ。

要するに、その移動図書館は居心地がいいんです。一日中でもいられる。ベッドもあるから、空いているときは泊まっていったりする。かなり住んでる感じ。

蔵書は大してなくて、利用者もそう多くはなくて、図書としてのふねすたちが新刊本を読んでいるくらい。正確に言うと、読んでいなくて、ページをめくって見ているだけ。目にすればおぼえてしまうから、目にも留まらないぎりぎりの速さでめくっていく。その日の新刊本がなくなると、いずこからか届けられた古い本をめくっている。

症状の進行を緩めるためにということで、近隣のグループホームや介護施設から認知症の人たちも来て、朗読会なんかの時間も設けている。みんなで一斉に声に出して、読んでいく。でも読んだそばから忘れていくことも多いから、内容が文脈として理解されることはない。

流れる水の一点だけをひたすら見つめていたら、それがどんな形と大きさの川なのか、知ることはできないように。

朗読会にはふねすたちも加わって、一緒に朗読したりもしている。声に出したそばからおぼえていくので、それを思い出さないようにどんどん次の声を出していかないとならない。朗読し続けることができているときのふねすは、一輪車を漕ぐことに成功したかのように、顔が上気して精気に満ちている。

つまり、誰も本を読んじゃいないのです。この図書館の中には、現在目にしたり耳にしたりしている文字か言葉が流れているだけ。

だから居心地がいい。言葉を声にするだけ。とっても居心地がいいのです。

高倉の書庫／砂の図書館

島尾ミホは加計呂麻島での少女時代を回想し、「いろいろな旅人たち」が「渡って来ては去って」行ったことを記録している。「蘇鉄の群生する岬にかこまれた入江の奥でよそ島とのかかわりあいも少なく、自分たちだけの間で親密なつながりを保ちあいながら、ひそやかに平和な年月を過ごしている島の人々の上に、旅の人たちはさまざまの思いや翳りを落として去って行きました」と。旅人たちの落としていった「思いや翳り」というのは、たとえば子どもたちの記憶に残ることになった新しい歌であるとか、女たちが使うようになった椿油などの製品だ。そして「美しい娘には、生涯ひとり身でふしあわせに暮さなければならないような、悲しい出来事が残されることもありました」とつかの間の恋や落とし子のことなども示唆している。旅人とは、具体的には次のような人々のことだ。

その旅の人々は、沖縄芝居をする役者衆、支那手妻をしてみせる人たち、親子連れの踊り子、講釈師、浪花節語りなどの旅芸人や、立琴を巧みに弾いて歌い歩く樟脳売りの伊達男、それぞれ身体のどこかに障害を持った「征露丸」売りの日露戦争廃兵の一団、それに帝政時代には貴族将校だったという白系ロシア人のラシャ売り、辮髪を残した「支那人」の小間物売り、紺風呂敷の包みを背中に負った越中富山の薬売りなどでした。

（「旅の人たち　沖縄芝居の役者衆」『海辺の生と死』中公文庫所収）

島尾ミホの暮らした加計呂麻島とで海峡をつくる対岸の島の、そこからいちばん遠く離れた北端の、同様に「蘇鉄の群生する岬にかこまれた入江」の集落で、僕は少年時代を過ごした。島尾とは四十四歳違い。子供としては年下だが、孫を名乗るには年長すぎる僕の少年時代には、かろうじて前の戦争の名残は少しばかり感じられたけれども（名瀬の街角で見かけた傷痍軍人たち）、日露戦争は遠い昔のことになっていた（集落の裏の、入江を作る山の上では日露戦争に出兵する兵士たちのために送り火が焚かれていたというのに）。島尾の出会った旅人たちのうち、僕たちの時代まで続き僕たちの集落までやって来たのは、越中富山の薬売りくらいだった。風呂敷を背負ってはいなかったけれども。沖縄芝居の役者や支那手妻の手品師、踊り子、その他の旅芸人などは、残念ながら、ついぞ見かけたことはなかった。たった四十年の間に、僕たちはずいぶん多くのものを失ったようだ。

芝居は来なかったけれども、巡回映画ならたまにやって来た。素性の怪しい渡世人風情が映写機と何巻ものリールを持ってきて、公民館の庭にスクリーンを張り、ときおり海からの風にはためく映画を僕たちに見せた。上映されるのは、都会でならばテレビ番組として放送されたかもしれない怪獣ものやヒーローもの（『大魔神』とか『マグマ大使』、『仮面の忍者赤影』など）から、美空ひばりの主演する長尺の本編（つまり映画館用に制作された映画）までの数本だった。『君の名は』（岸惠子と佐田啓二のやつだ）もそうやって観たのではなかっただろうか。市川雷蔵と若尾文子も懐かしい……

映画の話を始めると別の物語になりそうだ。今はこれ以上は広げないようにしよう。ともかく、島には、芝居こそ来なくなっていたけれども、映画はやって来た。そして、本もやって来た。正確に言うと、セールスマンが本を携えてやって来たのだ。つまり、富山の薬売り以外にも種々のセールスマンが僕たちの少年時代にはまだやって来たのだ。

当初僕はそのセールスマンを見たわけではなかった。小学校四年の秋のある日、学校から帰宅すると、その日はたまたま一緒に下校したふたつ年上の兄に、母が本を三冊差し出した。学習研究社の〈中学生の本棚〉シリーズの一部だった。僕たちの留守の間にやって来たセールスマンが置いていったのだそうだ。早い時期に海難事故で夫を亡くして母子家庭になっていることに後ろめたさを感じ、息子たちには立派に学をつけて欲しいと思っているらしい母は、まんまとセールスマンの口車に乗せられ、そのシリーズを十回の分割払いで買うことにした。大島紬を織って元締めにもらう賃金にしては大きな買い物だったのだろうか。奇妙なことにセールスマンは、月賦ならば全三十巻のその叢書を、毎月の支払いと引き換えに三冊ずつ置いていくことにしようと提案したのだそうだ。そんなわけでまずは『次郎物語』『あしながおじさん』『車輪の下』の三冊が僕たちの掌に落ちた。

兄はその二年前から、同じ学研の『科学』と『学習』を定期購読していた。これはセールスマンに売りつけられたものではなく、山を一つ越えた先にある、ちょっと大きめの集落にある書店兼雑貨屋との契約だったと思う。そこに載った記事に触発され、洗剤を使わずに皿の油汚れを落とす方法や、ピラミッド・パワーで牛乳をヨーグルトに変える方法などの実験を嬉々としてやっていた。ピラミッドの形が悪かったのか、牛乳はいっこうにヨーグルトに変わることはなく、数日後にみごとに腐っただけだったが。それはともかくとして、そういうことに喜びを見出すタイプだった彼は、孤児院に育った女の子にどこの誰とも知れぬ紳士から援助が届く話などにはまったく興味をそそられないらしかった。だから〈中学生の本棚〉はまだ中学生の自分をイメージするには早過ぎたけれども、近所の年長の子どもたちから漫画本を借りまくり、少年院上がりの孤児がドヤ街のはずれの河原にジムを構える情熱に満ちたトレーナーと出会って世界的なボクサーになる話や、そばかすなんて気にしない可愛い外国の孤児の女の子（あのころ、世界は孤児に満ちあふれていた。おかげで僕らも出自に対する不安の念を植えつけられたものだ）が周囲の愛情を受け、恋をし、成長していく話、国籍も年齢も異なる九人の個性的な男女が揃いのオレンジ色の衣装を着て、それぞれに備わった特殊な力を発揮しつつも力を合わせて世界平和を守る話などを読み耽っていたおませな弟の手に渡ることになった。つまり、実質、僕のものになった。

当時の僕の読書スピードからいって、次の三冊が届けられるまでのひと月の間に、三冊すべてを読み切ったかどうかは怪しいものだ。けれども、初回は張り切るのが常で、次男の僕はそれからのひと月の間に里子に出される恐怖に震え（そういえば、その年赴任した教頭先生は、母に向かって、この子はいい子だからうちの子にしたい、と言っていた）、あなたたちが大きくなって自立して余裕ができたら募金するのが夢だと母が語っていたその募金先の交通遺児支援団体の名の由来を知り、神学校での少年の苦労を読みながらずっと後になって自身が入ることになる高校の寮の思い出を先取りして捏造したのだった。

ひと月経って三冊を読み終えたころ、母が珍しく朝から化粧などし始めたある日、学校から帰ると次の三冊が届いていた。『赤毛のアン』『友情』『二十四の瞳』だった。僕らの島は大島というだけあって小豆島よりはよほど大きかったけれども、小学校の僕の学年はちょうど十二人（前後の学年に比べれば多い方だ）だった。だからまず『二十四の瞳』を読んだ。が、その年の夏には、僕は生まれて初めて自分の金を出してレコードを買っていた。よしだたくろう（当時の表記）のアルバム『元気です』（CBSソニー、一九七二）だ。ここに収められた「夏休み」には「姉さん先生　もういない／きれいな先生　もういない」という歌詞がある。この歌の方をたくさん聞いたので、大石先生もやがてはいなくなってしまった。話の中身を忘れても、忘れてしまった悲しみの記憶だけは残るものだ。

そういえば、小学校入学以来三年間僕たちの担任を務めた女《うなぐ》先生、美人《きょらむん》の娘《めらべ》先生も前年度末でいなくなっていた。三月の最終日の授業では、黒板を消してきれいにした後、振り向きもせず、ただ背中を向けたまま「皆さん、このまま教室を出て行ってください。さようなら」と言って肩をふるわせていた先生。泣き虫先生、僕の先生……

ところで、『友情』の表題作と併載の『愛と死』が、僕にはどうしても同じ物語に思われてしかたがなかった。読んだときにはそれぞれに違う作品と認識できたはずなのだが、友人や家族に内容を話して聞かせようとすると混同してしまうのだ。その本を借りて読んだ同年の友人の孝行に感想をきいても、どれが『友情』でどれが『愛と死』なのか、混乱するばかりだった……思うに、それが最初の兆候だった。

翌月、『走れメロス』『にんじん』『赤い子馬・最後の授業』が届いたときには、それまでにたまった本の置き場に困ってしまった。我が家には本棚らしきものが一本だけあるにはあった。が、旺文社の国語辞典、母が読んだらしい有吉佐和子や瀬戸内晴美（当時）の著書が数冊、ポプラ社の明智小五郎と少年探偵団シリーズ、同じ会社のルパンやホームズもの、『笠利町誌』、『郷土を興した人』（鹿児島県育英財団）と小物の数々を収納したその小さな棚にはもう空きはなかった。新たに棚を買おうにも、金もなかった。

そこで、隣の孝行の家の高倉を思い出した。うまい具合に数ヶ月前、家族の用で一時的に場を外さなければならなかった彼の身代わりを務め、僕が暴君〝マンモス西〟こと西千歳の人質になったことがあった。孝行は約束に遅れそうになり、僕はすんでのところで〝マンモス西〟に食べられそうになった。そんなことがあったので、つまり僕は彼に貸しがあったのだ。だから簡単には僕の要求を断れないはずだ。そうでなくても僕たちには所有の概念は欠如しており、持ち物を交換したり預けたり無断で借りたりすることは日常的に行われていた。僕のものは孝行のもの、孝行のものは彼のすぐ上の兄・貴久のもの。貴久のものは僕の兄のものだった。読み終えた本を置くのを断る理由などないはずだ。

高倉というのは、僕たちの島に古くから伝わる、いわば床下を二メートルばかりも取ることによって湿気対策を施した様式の倉庫だ。孝行の家のその倉のはしごを伝って上っていく茅葺きの本体部は立派な書庫になっているそうだ。ブリタニカの百科事典なども揃っているらしい。孝行の一番上の兄・隆盛がそのうちの一巻を引っ張り出してきて、倉の基底部にある梁を床几がわりに、「チェス」の項目を参照しながら、僕たちにそのゲームの手ほどきをしたりしていた。僕は将棋やチェスは、結局強くなることはなかったのだけど、高倉の床下は、そのように梁に腰かけ柱に背もたれて読書するのに格好の場所だということを今では知っている。

『伊豆の踊子・雪国』『若きウェルテルの悩み』『野菊の墓』が届いた翌日、それ以前の九冊を納入するためにはじめて高倉の書庫に入った。倉の本体は床がほぼ正方形だったので、空間としては四角錐になっていると予想していたのだが、内部の壁は六角形で、そのうち四面が書架になっていた。残りの二面の壁が鏡張りで、本棚の数を無限に増殖していた。それぞれの書架は高さが平均的な大人の背ほどで、棚は五段、合計二十段だった。僕の家とも共通する『笠利町誌』や『郷土を興した人』、ポプラ社のホームズ・シリーズもあったけれども、その他は我が家にあるものよりも立派そうな本がびっしりと棚を埋めていた。ブリタニカの全巻揃った姿も壮観だった。『泉芳朗詩集』『大奄美史』それにドストエフスキー全集などが、かろうじて僕が中身を想像できる本だった。これを全部読んだのかと訊ねると、孝行はそういう質問をする者は書物のなんたるかをわかっていない者だ、と切り捨てた。そして、というのは隆盛の受け売りだが、と笑ってみせた。二十段の棚はどれも埋まっていたので、〈中学生の本棚〉の入る余地はないのではないかと心配したが、北東側の書架の上から二段目の棚に並んだ本を孝行が手で払うと、不思議と空きができた。九冊のクリーム色の本がすっぽりと収まった。僕はあっけにとられた。

前日に届いてすぐに読んだ『野菊の墓』の話をすると、孝行はそれは『愛と死』のことではないのかと怪訝そうに言った。棚に並べたばかりの実篤の本を抜き出してページに目を走らせてみると、確かに、そこには前の日に読んだのと同じ文字が連なっているようにみえた。昨日は『愛と死』のことなど思い出しもせず、まったく新しい物語として『野菊の墓』を読んだと思ったのに、不思議でならなかった。

帰宅後、『ウェルテル』をひもといた僕は、もうそれをひとつの独立した物語として読むことはできなくなっていた。『友情』のようでもあり『野菊の墓』のようでもあったのだ。世界は愛の苦悶と死とに満ちていた。かろうじて愛する者の名だけが違っていた。

数日後、比較的遅くまでおねしょ癖の治らなかった僕だからこそわかる、寝小便とは異質の冷たさを股間に感じて目を覚ました。駒子という名を叫びながらだったけれども、目覚めてすぐに思い出したのは、いつか巡回映画で観た吉永小百合の顔だった。

年が明けて母がまた朝から化粧を始めた日、狙っていつもより早めに帰宅したら、家の前に大きめのワゴン車が停まっていた。荷台の観音開きの後部ドアが薄く開いていた。なるべくそれ以上開かないように身を捩《よじ》って中に入ってみた。思ったより広く、当時まだ身長が一メートル四〇センチ台だった僕のちょうど背の高さくらいで、中途半端に開いたドアの形と合わせると、側壁は六角形にも見えた。六つの壁のうち四つが書架になっている形だ。棚は五段。合計二十段。隣家の高倉の書庫を思い出さずにはいられなかった。

書架には、種々の雑誌、本、百科事典などが並んでいた。まだ我が家には配達されていない〈中学生の本棚〉の巻もあった。僕はその一冊を手に取ってみた。「こぼれ松葉をかきあつめ／おとめのごとき君なりき」という詩句が目に入った。「こぼれ松葉に火をはなち／わらべのごときわれなりき。／／わらべとおとめよりそいぬ／ただたまゆらの火をかこみ」……ふと叫び声が聞こえたような気がして、本を閉じた。耳を澄ましてみたが、何も聞こえなかった。ふだんならば響いているはずの機織り機の音すら聞こえなかった。僕は少し怖くなって本を棚に戻すと、車を出て蘇鉄の群生する山の方に駆けていった。

小一時間ばかりして戻ると、門の外にも機織りの音は聞こえてきた。座卓の上には『嵐が丘』『鼻・羅生門』『ジーキル博士とハイド氏・検察官』が置いてあった。僕は何も言えずに母の横顔を眺め、それから『ジーキル博士とハイド氏』を手に取った。

『高瀬舟』『知覧』『ビルマの竪琴』が届いても『アンクルトムの小屋』『武器よさらば』『黒猫・モルグ街殺人事件』が届いても、僕はセールスマンの姿を見ることはできなかった。ワゴン車が家の前に停まっていることを確認しても、このまま家に踏み込んでいったらいけないのではないか、そこでは何か僕が見てしまってはいけないことが展開しているのではないかという思いに駆られ、ただ逃げだすだけだった。時々、顔のないセールスマンが家の土壁に塗り込められている夢を見た。

本の内容はますます混同されるばかりだった。まるで砂の本だ、と孝行は言ったものだ。読み終えて孝行が砂の図書館と呼んだ書庫に置いた『武器よさらば』をある日、何の気はなしに取りだしてページを開いてみると、読んだ記憶のないパンプローナの牛追いの話が展開されていた。キャサリンと身寄りのないヒースクリフの話だったはずの小説は、身寄りのないジェインがリード夫人に悪し様に扱われる話になっていた（世界が孤児に満ちていることに変わりはないようではあるが）。『モルグ街殺人事件』はシャーロック・ホームズが銀行を狙って地下にトンネルを掘る盗賊団の計画を暴く話にすり替わっていた。だから、年度が替わって五年生になってすぐに『月世界旅行』『現代SF集』『シャーロック・ホームズの冒険』が届けられたときには、その話は既に知っていたのだった。

母がまたそわそわと化粧など始めた日、なぜかはわからないけれども、今日こそセールスマンの顔を拝まなければいけないような気がした。母はその日、少し具合が悪いらしく、朝食の途中でトイレに立ったのだった。そのせいか、いつもより入念に化粧をしているようにも見えた。僕の決意は固まった。

とはいえ、セールスマンの滞在中に家に踏み込んで行く勇気はなかったので、防波堤に座って待つことにした。我が家の前の通りは海岸通りだった。通りと砂浜との間に防波堤がある。大急ぎで隣の孝行の家の高倉から『アンクルトムの小屋』を取りだしてくると、僕はセールスマンを待つ間、防波堤に座ってそれを読み始めた。なにひとつ頭に入ってこなかった。家から物音が漏れてきたら聞き逃すまいぞと、そればかりを考えていた。

機を織る音が聞こえ始めたと思ったら、目の前に『死の艦隊』『坊ちゃん』『天国にいちばん近い島』が放り出された。今月の分だ、という声が聞こえたけれども、僕は顔を上げなかった。セールスマンの顔を見るのが怖かった。彼が隣に腰かけたときも、僕は下を向いたままだった。何が書いてあるのかまったく頭に入ってこない『アンクルトムの小屋』のページを睨んでいた。大人特有のある種のすえたようなにおいが一瞬漂ったけれども、タバコに火をつけるマッチのにおいがそれを消した。

男の言葉は、近隣の者のそれではなかった。琉球語ではない。かといって僕たちの地域のラジオがときおり拾ってしまう朝鮮語・韓国語とも異なっていた。テレビやラジオで聞き知ったような日本語およびその代表的な方言（関西とか東北方面のそれ）でもなかった。彼はそんな言語で、訊ねられてもいないのに自分の人生を語り始めたのだが、僕がはたして彼の言葉を本当に理解したかどうか怪しいものだ。ともかく、ずっと無駄に本のページを睨んだまま、理解しているのかいないのか疑わしい彼の語りを聞いたのだ。

満州で終戦を迎え、シベリアに抑留された彼は、不当にもソ連の国内法によって裁かれて長い間禁固刑をくらい、解放されて世界を放浪して日本に戻ってきた。文字どおり世界を一周したのだという。東南アジアですれ違ったジプシーの一団に託された奇妙な本を、ブエノスアイレスはコリエンテス街の古書店で百科事典と交換したのがきっかけで本を扱う楽しさを知り、今ここで我が家に〈中学生の本棚〉を卸している。だいたい、そんな話だった。僕にはそう理解できた。それから彼は僕に向かって問いかけた。「お前のおやじはなぜ死んだ？」僕は本のページに目を落としたまま答えた。東京に出稼ぎに出て、ドヤ街で体の大きなボクサー崩れと喧嘩になり、叩きのめされ、直後、車に轢かれたのだ。男は西寛一という名だ。大きくなったら上京してそいつに仕返しするつもりだ。僕は本のページを睨みながら、ありったけの憎しみを込めてそう言った。

男は僕の肩に手を置き、二三度軽く叩くと立ち上がり、ワゴン車に乗って立ち去った。

翌月、最後の三冊『どくとるマンボウ昆虫記』『耳なし芳一のはなし』『こころの詩集』が郵便で届いた。『どくとるマンボウ昆虫記』にまつわるエピソードについては、かつて別のところに書いた（「ことばのプレゼント　第10回」『ＮＨＫテキスト　基礎英語1』二〇一七年一月号）。この本が僕の未来の記憶を作ったという話だ。

母はその後「生涯ひとり身でふしあわせに暮」らした。哀れな母。俺のおふくろ……

チョコラテ・ベルガ

年若い住み込み弟子の黄紅《おうこう》は、師匠が留守でもいつものように夜明けまえに起きた。彫鈕《ちょうちゅう》の仕事には午前中の光がちょうどいいので、朝の時間は貴重なのだ。鈕は印材のつまみのことで、それを彫ることを彫鈕という。文人《ぶんじん》、士大夫《したいふ》がもつ印は、美しい印材、素晴らしい彫鈕、優れた刻字、この三つが揃ったものが最上と言われており、裕福な者たちは美しい印を持つことを競い合った。紙に隙あらば押印した。

印材には陶器、角や骨、木、柔らかく美しい石などがあったが、わけても美しい石、玉《ぎょく》が珍重された。黄紅が彫るのはもっぱら玉である。

太古から磨かれて祭器として崇《あが》められてきた玉は、徳を象徴する宝物であり、権力と財力の証であった。時代が下ると個人で愛蔵できる財宝のひとつになり、身を守る力があるとして老若男女が大なり小なりを身に帯びるようになった。素晴らしい玉を持つことは徳を備えるのと同じとうそぶいて、徳のない者ほど良い玉を得たがると笑われる者もあった。

険しい山道を登ってようやくたどり着く如意山《にょいさん》の中腹に、師匠と黄紅の住む屋敷がある。屋敷と言っても古びた小さなもので、部屋の数も多くはないが、目地から羊歯《しだ》の生えた整然とした石垣と閉ざされた大きな門扉が、初めての訪問者に立派な屋敷を予感させた。実際、庭先と一部の部屋からは深い谷を挟んだ向こうに、切り立った岩壁とそこにしがみつくように生える松という仙郷を思わせる光景を望むことが出来るので、この一点だけでも、普通の屋敷ではないことは察せられた。

黄紅は厨房に入ると、寝室から持ってきた花模様の赤い魔法瓶《まほうびん》の栓を外し、お湯を碗《わん》に注いだ。湯冷ましを飲み終わると外に出て、中庭の水色と白のタイルが市松になった洗面台で顔を洗い、口を漱《すす》ぎ、石板を敷き詰めた物干し用の広場に立った。黒い布ぐつ。ゆったりした木綿のズボンと小花模様が白抜きされた藍染めのブラウスはどちらも何度も水を潜《くぐ》って柔らかくなり、膝は抜け、肘には継ぎが当たっている。黄紅は大きく息を吸いながら腕をゆっくり上げ下げし、脚を拡げて腰を落とし、腿の後ろの筋を伸ばした。

編んだ二本の髪の先が黄紅の体の動きを追いかける。

朝靄《あさもや》がかかって谷も岩もはっきりとは見えなかったが、薄青かった世界に色彩が蘇る。並んだ蘭鉢の細長い葉の根元に大粒の真珠のような花芽が生じ始め、山水が描かれた景徳鎮《けいとくちん》の大鉢のサボテンは子どもの頭ほどの大きさで、棘《とげ》は黄金色をしていた。

じかに朝の太陽は拝めないものの、朝の新鮮な空気を体内に取り込んだ黄紅は、厨房に戻って自分のために朝食の支度を始めた。ホーローのボウルに小麦粉と水と玉子を入れて溶き、ガスコンロにかけたフライパンで焼いた。

初めてこの屋敷に来て、厨房にはかまどのほかにガスコンロがあったので驚いたが、師匠に使い方を教わってからは便利に使っている。マッチを擦《す》り、ガスの栓をひねって火を近づけて着火させるのにも慣れた。ガスコンロは火力が安定しているのが素晴らしい。お湯を保温する魔法瓶もそうだし、師匠の屋敷はなんでも少し便利に出来ている。たとえ住んでいるのが師匠一人でも、この規模の屋敷なら、二人か三人は人を使っていないと回らないが、なるほど人の代わりに便利な道具があるのかと感心した。燃料のプロパンガスは月に一度、麓《ふもと》のほうから来る三河屋《みかわや》が交換してくれる。一緒に油や米を持ってくることがあるので大変な重労働だと思うが、三河屋の青年は「慣れてますから」と笑って、軽くなったガスボンベを担いで帰る。三河というのは、三本の川が流れてきて合流する辺りだろうかといつも思う。

焼き上がった大きなパンケーキを縁の欠けた皿に移す。この皿の青い唐草と赤い桃の模様が黄紅は好きだった。家にいたとき、節句の御馳走に使われる皿に似た模様のがあった。

皿を簡素な木のテーブルに置いて背もたれのない椅子に座ると、平らな丸いパンケーキに蜂蜜をかける。山に咲く樹や草の花の蜜で、色は濃い茶色。蜂蜜が付いているほうを内側にしてくるくると棒状に巻くと、箸で切れ目をいれながら端から食べていく。魔法瓶のお湯と一緒に。

食べ終ると黄紅は皿の汚れを四角く切った古紙で拭ってから水で洗い、最後に魔法瓶の残りのお湯を掛けた。

机が並ぶ作業部屋に移動すると、椅子にかけておいた前掛けを身につけ、自分の机の前に座る。ガラス窓のある明るい部屋だが、調度品は机と椅子、横たえられた数冊の本と水晶の結晶を内側に抱き込んだ縞瑪瑙《しまめのう》が置かれている棚が一つだけの素気ないものだ。黄紅は蘭が咲いたら運んできて、花と香りを楽しむつもりでいた。

窓際の眺めのよい席は師匠のもので、留守のときは座ってよいとの許しを得ているが、黄紅は座らない。わけあって二人目の彫鈕の師匠ではあるが、師匠と言えば父親も同然、仕事以外では厳しいところのないものの、その寛容に黄紅は甘えたくなかった。

机の抽斗《ひきだし》から布張りの小盆と小箱を取り出して机の上に置く。箱の蓋を開くと内側は白い絹張りで、粗布や印花、更紗の端切れで包まれたり小袋に入った小さなものが幾つか並んでいた。黄紅はその中の一つをつまみ出すと、盆の上で布をほどく。白い石がまろび出る。

指を折ればてのひらの中に納まるほどの大きさの玉を指でつまみ、黄紅は手の中で転がし、よくよく眺めた。羊脂《ようし》に似たもったりとした乳白色、微かに刷《は》いたように桃色が差している。美しい石なので玉と呼ぶが、石の質としては硬玉や瑪瑙に比べるとずっと柔らかい。

黄紅は真剣な目で石を眺め、持ち上げて明るいほうに向けて透かして見たりした。黄紅はこの小さな玉石が、なにになりたがっているのか、どんな彫刻が相応しいのかを知ろうとしていた。山の岩を掘って出てきた石や、川や水田から出た石にもなりたいものがあるのだ。石の声を正しく聞き、彫り出してやるのが黄紅の仕事であった。

石を指の先で回しながら考え込み、目を閉じて黙り、またじっと見る。そんなことを繰り返し、おもむろにしっかりと石を握り直すと、先に小さな刃がついた箸ほどの太さの軸の刃物で石を刻《こく》し始めた。氷を削るように細かい石の粉がこぼれるが、氷ではないので溶けはしない。手の中で石を動かしながらこつこつと石を彫し、刻していった。途中でもっと刃の小さいものに持ち替え、細かい彫刻を施していく。

黄紅の掌中、指先の延長である小刀の先からその石がなりたいもの、あるいは石が内包する可能性を彫り出し、象《かたど》る。

薄意《はくい》、ごく淡い凹凸でもって、黄紅はごつごつした岩のあいだから迸《ほとばし》る滝を表現した。その滝の水飛沫《みずしぶき》があたる岩に蘭が桃色の花を咲かせている。もとから石にあった米粒ほどの斑点を蘭の花としたのだ。

黄紅は少しずつ手を入れながら、自分の彫刻を丹念に眺めた。

その石に描かれたのは、己の足音の他には鳥の声と木の枝や草の葉を鳴らす風の音しかしない深山幽谷《しんざんゆうこく》。見えるより先に大量の水が落ち続ける音がし、やがて姿を現す滝。滝のそばの岩を伝う藤の蔓に飛沫の虹がかかる。滝を見上げると岩棚に咲く蘭の花……。

石を返すと、岩に太い根を這わせた葉の厚い蘭が花を咲かせている。景色の中の小さな花をこちらでは大きく写し取り、同じ花だとわかるようになっている。

これでいいだろうかと自問する。師匠は黄紅に、この仕事は安定した世界を彫刻で生み出すことだと言っていた。

「例えば」と師匠は窓の外に見える、深い谷に身を投げ出すように生えた松の木を指して言った。「あの松は根を張り、枝を伸ばして崖に生えている。崖の岩がもろくても、根が弱くてもあのようにはなっていない。おまえが良い仕事をすると、世界が調和するほうに動いて、松はそこに美しい姿であり続ける」

「師匠、言っていることがわたしには難しいです」

「おまえが仕事で迷ったら、松の木が無事なので間違っていないと思いなさい」

大局を見よということだと黄紅は理解することにした。

最後に黄紅は砥石《といし》の粉を小さな布に付けて石を磨いた。強くこするとせっかくの形が潰れてしまうので、少しずつ丁寧に磨く。最後にきれいな布で乾拭きすると、改めて手に取って眺める。師匠の気持ちになって見直し、黄紅は一応の満足を得た。

窓から高い位置の陽光が差し込んでくる。午《ひる》だった。

黄紅は両腕を伸ばし、左手で右の手、手首を揉み、肩を前後に動かして固まっていた筋を伸ばした。集中しすぎて喉の渇きにも気付かなかったが、喉が渇いていた。一気呵成《いっきかせい》に一仕事をするとは思わなかったので、魔法瓶にお湯を準備するのを忘れていた。

厨房に行こうとすると、がらんがらんと鐘が鳴った。面会は正午からと書いた板を出しているため、午になるのを待っていた客が鳴らしたのだろう。鐘は、牛の首につけておく鐘を、音が好ましいと師匠が採用したものだった。来客を察して黄紅は部屋を出た。外へ向かう途中でまた鳴ったので、黄紅は「ちょっと待っててよ」と呟いた。建物を出て門まで来ると、

「どちらさまで、何用でしょうか」と誰何《すいか》した。

「こちらの先生にお目に掛かりたく参上しました、わたくしは――」

「先生は留守です」

「ええっ」

驚きと、心底がっかりしたという声だった。

「本当です。いつ帰るかはわかりません」

と答えると黙り込み、ややあって「また、参ります……」と溜息のような声がした。しばらく待っていたがそれっきり静かになったので、黄紅はほっとした。ときにはしつこく粘っ

たり、門を開けさせようとあれこれ言い募る者もいて、お引き取り願うのに難儀することもあった。

師匠は本当に優れた彫鈕をするので、仕事を頼みたい人が多いのは黄紅でもわかっている。しかし体は一つなので、信頼している幾人からしか仕事は受けないし、在宅だとしても予定にない訪問者と面会することはない。ここまで来れば何とかなるかもしれないと一縷《いちる》の望みでもって来る者は常に無駄足であり、腹いせに「おまえで良いから出てこい」と言われることもあったが、恐ろしくて家に引っ込み、いくら鐘が鳴らされても返事をしなかった。こういう時、せめて小駁《しょうはく》がいたらと思う。ぶちのある白い犬の小駁は師匠に忠《ちゅう》で、一緒に旅に出てしまっていた。口も利かない犬なのに、一緒にいると心強かった。

黄紅は甕《かめ》の水を柄杓で汲み、厚いガラスのコップでごくごくと飲むと、壁に吊してある縄から乾し柿を一つむしり取り、一口囓る。白い粉をふいた茶色い柿は、歯は立つもののひどく硬い。口中で甘さがじわじわと解けるのを楽しみ、赤い上着を着ると、布袋を斜めに提げて外に出た。壺の形をした小さな通用門から外に出て、蝙蝠《こうもり》を象った錠前をかける。

黄紅は下りの山道を歩き出した。山を切り開き岩を削って通した道は、岩の窪みに草が生えてきているがまだ鑿《のみ》の跡も残っていた。

二輪の荷車が通る幅はあるが、二台すれ違うのは難しい山道を歩くのも慣れた。猪と鹿にはたまに会うが、熊はいない。虎はいるかも知れないがまだ見たことはない。

三十分ほど歩くと、仏教寺院の門前町に着いた。黄紅はそこにある一軒の筆墨店に入った。

こんにちは。

紙や筆といった商品が積まれた薄暗い店の奥にいた主人は、黄紅の顔を見るとにっこりと笑って、「いらっしゃい」と椅子を勧めた。

黄紅は背もたれのない小さな椅子に腰を下ろす。店の少年が黄紅に湯冷ましの碗を持ってきて、黄紅はありがたく受け取って飲み干す。主人が黄紅に尋ねた。

「お昼は食べたかい？　麺を食べて行きなさい」

黄紅が頷くまえに、主人は少年に合図をし、少年は店を出て行った。

黄紅は、布袋から自分が彫った石印を取り出すと、包んだ布を開いて主人に見せた。

「失礼します」

布にのせたまま、そっと印材を受け取ると、手に取って厳しい顔で見る。蘭の花を目にすると破顔した。

「これは良い。良い出来です。石は……芙蓉石《ふようせき》ですな」

「ありがとうございます。芙蓉石の良いものだと師匠に聞いております」

黄紅は嬉しいのと照れ臭いのとで身をすくめる。そこに少年が碗に入った麺をもって帰って来た。平たい麺に、干し椎茸や刻んだ筍が入ったしょっぱい餡がかかっている。香りの良い青い葉が一枚。香りの良い油が一滴。参拝の仏教徒に合わせて肉は使っていないが、味は良い。

黄紅は手を合わせてから麺を食べた。すぐ近所の店のものなので出来立てで熱いほどだ。

黄紅が麺を食べ終わる頃、少年がお茶の碗を持ってくる。黄紅がお茶を飲みはじめると、主人が「これくらいでどうだろう」と算盤《そろばん》を弾いて見せる。黄紅はよく見もしないで「それでけっこうです」と言う。主人は欲のない黄紅の様子になにか言いたげな顔をしたが、いつものことなので黙って笑うに留めた。

銀でやや重くなった布袋を肩に掛けて、黄紅は店を辞した。

店の外に待ち構えるように大きな白い犬がいた。斑点があり、見上げる目は笑っているようだった。

「小駁」

黄紅が弾んだ声を上げ、短毛の白い犬、小駁の首を、頭を撫でた。小駁も尾を振って応えた。日向の埃のような小駁の匂いの中に、旅の疲れを感じた。

「師匠は一緒じゃないのか？　そうか、もうすぐ帰ってくるのだな。わかったわかった」

黄紅は犬に言葉を掛けると、よしよしとひとしきり首の後ろや背中を撫でてから帰り道を辿り始めた。小駁も黄紅を追うようについてくる。帰りは上り坂なので時間も掛かるが小駁もいるので心細くはなかった。

屋敷の塀の端が見えるところまで来ると、門の前でぽつんと待っている灰色の庇《ひさし》のある帽子、灰色の服を着た人影が見えた。いつも配達に来る三河屋の青年だった。ガスの交換の日だったろうかと怪訝に思いながら、遠くからこんにちはと声を掛けた。

「こんにちは」

いつものように元気のいい声が聞こえた。

「なんの御用ですか？」

「ご本をお届けに参りました」

「本？」

思わず小駁と顔を見合わせようとしたが、小駁は青年のほうを見ている。付け根に黒い斑のある尻尾が左右にゆっくりと揺れている。

黄紅は青年の表情が見える距離まで近付いたものの、影になって目の表情がよくわからない。青年は大判の本を黄紅に向けて見せた。

「先生に頼まれていた本が届いたんです。期限が短くて、次のガスボンベ交換の時に返してもらうことになりますが」

灰色と緑のぼんやりした背景で月光色の蘭の花が咲いている。距《きょ》が長い。初めて見る、そこにあるような本物そっくりの絵だった。

「先生が、黄紅さんの勉強にもなるからって。世界の蘭の図鑑です」

様々な種類の蘭図が収められた本なのだろう。黄紅の目は本に釘付けで離れない。

「汚すと罰金、延滞は罰金以上の罰があります」

黄紅はふらふらと本に近寄り、腕を伸ばそうとしたが、小駁が体を寄せてくる。

「おーい」

遠いところから呼び声が聞こえ、黄紅はあたりを見回し、空を仰いだ。木々の間の細長い青空に翼を広げた鳥の影が見え、それが下降してくるにつれて大きくなって巨鳥であることが知れる。鳥は翼を広げたまま地面に近づきながら目にもとまらぬ速さで三河屋の青年に蹴りを入れた。しゅっと紙のように薄くなって青年は掻き消え、地面に趾《あしゆび》が着くなり人間の裸足の足に変じ、巨鳥は砂色の外套《がいとう》の師匠に変じた。外套と同じ布のふちのある帽子を被り、背が高いので、男性にも見えるが女性である。

「主人を置いて先に帰りおったな」

帽子のふちを指でつまんで引き上げて小駁を見る。小駁は師匠に尻尾を振るが、申し訳ないと思うのか頭が低い。

「ただいま帰った。黄紅、お茶を頼む」

師匠はいつものようにゆったりと言い、黄紅は、「はい、ただいま」と言いながら鍵で通用門の錠前を開け、扉を開く。壺型の洞門をくぐる師匠のあとを小駁が続く。

黄紅は門に内から閂《かんぬき》をかける。小駁は屋敷の外を回って自分の場所に向かい、黄紅は師匠を追いかけるように屋敷に入り、玄関ホールで内履きに履き替え、師匠の帽子を受け取り壁の鉤《かぎ》に掛ける。

師匠を椅子に座らせ、「お待ちください」と断ると、黄紅は濡らして絞った布を持ってきて、師匠の足を綺麗にぬぐい、白い革の内履きを履かせた。師匠の足の指は長いなと自分の足と比べて思う。それから外套を脱ぐのを手伝い、壁の鉤に掛けた。外套の裏地は表地の武骨さに似合わぬ濃い紫の絹。外套を脱ぐと体を覆うものは、長く一本に編まれ、折り返してうなじで止められて背中に楕円を描く髪の毛だけになった。象牙のような肌の、肉の薄い体を美しいと思うが、そう思うことも無礼な気がして見ないふりをする。

「黄紅、約束のない者のことは相手にするなと、いつも言ってますね」

でも、と言いかけて黙り、「はい」と返事をしながら顔をそらす。

「ほら、松の木があんなことに」

言われて反射的に窓を見ると、崖の松の長く伸びた枝が半分折れて千切れそうになっている。あ、と声が漏れ、自分の不始末が世界の均衡を乱したと思って黄紅は動けなくなる。

「――と言うのは冗談ですよ」

師匠の「冗談」が耳から入って心に着くまで少々時間がかかった。

「枝が弱くなっていたのですね」

冗談なのか……黄紅は胸をなでおろし、「早くなにか着てください。お風邪を召します」と言いながら厨房に行き、薬缶に水を汲んでガスコンロにかけた。

厨房の隣の、ソファーのある部屋に入った師匠が黄紅に話しかけた。戸がないので声は筒抜けになる。

「少し苦いのですが、おいしいお菓子があるのでいただきましょう」

「お菓子が苦いなんて道理があるのですか」

棚から上等な茶葉の入った錫《すず》の缶を下ろしながら黄紅が聞き返す。

「きっとお前も気に入りますよ。外套のポケットにあるからあとで持ってきておくれ」

白いリボンが結ばれた橙《だいだい》色の小箱を、黄紅はまだ見ていない。

二十年ぶりに見渡すなつかしの町はどこにも
なつかしがれるところが残っていなかった。

ケンちゃん

私たちがかつて子供たちであった頃、私たちは私たちが子供たちであることを意外にけっこうよく知っていて、けれど子供たちである私たちがいつから子供たちでなくなるのかはよく分かってなくて、そのままよく分からないあいだに大人みたいにはなって、ひとまずは大人みたいな私たちは子供たちではないことだけがたしかでそれがつまり大人だということにもなるわけで、一応は大人とされる私たちには子供の頃みたく心底びっくりすることってもうほとんどなくてでもそれはその心底って部分に引っ掛かっているだけでそこを抜きにすれば別に何にでもそこそこ驚きはするしたとえばあの、少し前にお茶の間を賑わした当時人気絶頂だった若手俳優の須永健パトカー乗り回し事件とかにはやっぱり普通に驚く。けれどなんだろう私はそういうゴシップみたいなのじゃなくてもっと日常の中で起きる些細な出来事とかで心底驚いて感動したいというか、なのに赤の他人の不幸話やなんかで退屈しのぎしてはそれもすぐに忘れて、ああなんかこういうのが大人になるってことなのとか考えてたらなんだか大人になるって、「つまんないなーって、思いません?」「いやでもあれはさすがに驚いたな」と、サトルはハイボールを一口飲み、「たぶん子供でもびっくりするよ」と付け足した。たしかにあれはびっくりした。須永健、私もちょっと好きだったし、パトカー乗り回しって、どうやって。

事件当日、深夜の東京都道318号環状七号線、いわゆる環七通りを蛇行運転する危険車両を巡回中の警官が見つけた。警官はサイレンを鳴らして停止するよう呼びかけると、車はすぐに観念して道路脇に停車した。その車の中から出てきたのが須永健だった。須永健ははじめ飲酒運転を疑われたが、呼気からアルコールは検出されず、しかし見るからに酩酊状態だったため車の中を調べられることになる。そこで突如慌て出した須永健はあろうことか警官の目が一瞬離れた隙に無人のパトカーに乗り込み、そのまま逃走してしまった。その後、調べていた車の中からは大量の大麻や違法薬物が見つかる。当時撮影中の映画で薬物常習者の役を演じていた背景もあり、役に飲み込まれた人気若手俳優としてマスコミの報道は過熱した。もちろん映画も撮影中断になった。映画自体は数年後に代役を立てて撮影を再開し、なんとか公開まで至ったものの、事件の衝撃も相まって役のイメージが須永健で固まってしまい、代役では物足りなく思えてしまった、し、実際映画の口コミサイトなどでも酷評されてばかりだった。とはいえ映画は無事公開されてしまったわけで、引き換えに須永健が自らの生活を賭してまでみせた演技は永遠にお蔵入り、二度と見られなくなってしまった。

「でもそんな簡単にパトカー奪われるかな」とサトルが言うように、取り締まり中に警官がまんまとパトカーを盗まれるなんて、とは思うし、それは警官が間抜けなのか須永健の咄嗟の行動がよほど素早かったのかは知らないけど報道されている一部始終にはどうにも嘘くささが拭えない。それこそ映画やドラマなんかじゃないと。そう考えれば須永健はやっぱり最後まで俳優らしかったと美談っぽくすることもできるけど、薬物所持だけでなくパトカーを盗んでまで逃走したあげく逮捕された須永健の芸能界復帰はなかなか厳しそうで、映画界の損失だ、なんて大げさに言う人もいた。だけど私もちょっと思う。須永健、ちょっと、いや実はけっこう好きだったから。でもそれで私の中の何かが劇的に変わるかというと何も変わらなくて、なんか多分こういう感覚？　が、少し大人っぽい。「それは大人じゃなくて普通、ただの普通」「えーそうかな」「子供でも大人でも、何も変わらないよ」「まあそうだけど」

たしかにそんなことでは誰も何も変わらない、というか、おそらく須永健自身ですら事件だけでは何も変わりはしない。いいや変わってる、生活とかは。須永健は変わったはず。でも何もかもが変わっていくこと自体は時間の流れているかぎりはどうしたって変えられないから変わっているわけで、とすると須永健が事件を起こしても起こさなくてもそれは変わっていく諸々のうちに端から含まれているから結局は何も変わっていない、「みたいな、なんだ?」とよく分からなくなってる間に、「ん、何て?」と答えるサトルはもう話を聞いてない。「全然聞いてないじゃん」と言うと、ごめんごめん、とサトルは謝り、目の前にある唐揚げを箸でつまんで口に入れた。「あ、うまい」「おいし?」「うん」「よし私も食べよ」で、食べると、うまい。「なんで唐揚げってこんな美味しいんだろ」「なんだろ、名前の響きかな」「いやー味でしょ。それは普通に」

まあ普通にそうか、とぼそっと言うサトルとは幼馴染で、かれこれ二十年くらいの仲になる。というとまるで私たちが旧知の間柄であるみたいだけれど、それはただ互いを認知した瞬間を始点として計算してみたらそのようになるというだけで、各々が別個で経てきた時間の蓄積でしかなく、二人の関係に何か深さといったものを見出すにはあらゆる要素が不足している。それでも一応は私たちが幼馴染であると言えるのは、小学校から高校までずっと同じ学校であったからなのだが、そのどの時も特別に仲が良かったわけではなくてたとえば放課後なんかに遊んだりしたことはまったくなかった。それが何のきっかけだったか社会人になった後に再会をして以降、数ヶ月に一回ほどではあるが今みたいにお酒を飲んだりする仲になった。だから幼馴染というと言葉が少し上滑りする。だけどもこうして学生時代の知り合いに会うこと自体かなり珍しくて、二十代後半にもなると、子供の頃の友人にはほとんど会わなくなる。みんなどこに行ったんだろう（というか私がどこかへ行った？）。まさか須永健みたいに、パトカーを乗り回してはいないと思うけど、仮に乗り回してたとして私はそれを知ることができない。

「ヨシカワは」私の苗字はヨシカワで、サトルは私をそのままヨシカワと呼ぶ。「覚えてる？」「なにを？」「ケンちゃんがさ、あじさい号、乗り回して」「ん、ケンちゃん？」私はケンちゃんのことも覚えてなかった、のではなくてただ一時的に忘れていただけでこうして名前を出されれば「あーケンちゃん」と記憶は蘇り、でもその顔や表情はぼやけていて、遠巻きに眺めて見るくらいにしかその姿を思い浮かべられない。「須永健の、ニュースで見てさ」とサトルは話を続けて、「あれはケンちゃんだ」と思ったのだと言った。

あじさい号というのは、子供の頃に私たちの住んでいた地域を回っていた移動図書館のことだった。田舎だったから多分回るところも少なくて、移動図書館なのにほとんど移動せず私たちの住む団地の前でずっと停車していた、気がする、だけかもしれないがだから本は借りても持って帰らずその場で読んでその日に返していた。小学校低学年くらいのときだった。でもサトルいたかな。「いたよ、いたいた。俺は意外と絵本とか読むの好きで」「へー」サトルはケンちゃんと幼馴染で、何をするにも一緒で、それなら私も覚えてる。二人ともサッカーをしていた。サトルは背が低くて、背の高いケンちゃんの後ろにいつもくっついて行動していた。「ケンちゃんがさ、あじさい号の運転席に乗ってて」サトルはたしかに運転席に座るケンちゃんを見たと言い、私もその場にいたから知っているはずだと言うが、全然記憶にない。「あれケンちゃん？　って思ってたら」すぐに車は発進して、まっすぐ進んでいって突き当りを右に曲がるともう見えなくなって、「そのままケンちゃん行っちゃって、もう帰ってこなかった」のだという。「え、それやばくない？　小学生でしょ」「やばいよ。だけどあの後どうなったのか知らなくて。ケンちゃん次の日には普通に学校来てたし」その次の週にはまたあじさい号のところに来て、サトルと一緒に絵本を読んだ。サトルのその記憶は、「えー、ありえない。勘違いじゃないの？」と人から言われたら勘違いだったと思ってしまうくらいの、そういう曖昧な「やつではない……気がする」みたいで、「移動図書館で読んでた本はあんまし覚えてないんだけど、いや覚えてんだけど、でもケンちゃんがあじさい号を運転した記憶しか」ちゃんとは残っておらず、それがサトルの中で須永健の事件と重なった。

私はケンちゃんに関しては中学校までしか記憶がなく、でもそれもそのはずで、卒業してから私はケンちゃんと一度も会っていない。見かけてもいない。高校に入学して早々に、退学を、させられたのではなくて自分からしたケンちゃんが、学校を辞めて何をしているのか噂は色々あって、「喧嘩して少年院入って、出てからは暴走族になったとか、先輩に誘われてヤクザになったとか」そういう物騒な噂ばかりなのは私たちの住んでいた土地柄のせいかもしれないが、噂が噂を呼んでそのような話になっていたりもしたし、「誰かにちゃんと聞けば何か分かったんだろうけど」サトルは誰にも聞かず、当然ケンちゃん本人にも聞けず、そのとき本当はケンちゃんがどこで何をしていたのかはほとんど知らない。「結構仲良かったんじゃないの」「まあ。でもどうだろ、仲良かったっていうか」二人は小学校から中学までの九年間を、チームメイトとして過ごした。二人のポジションは、意外にも大人しい性格のサトルが攻撃的なフォワードで、勝ち気で喧嘩っ早いケンちゃんがミッドフィルダーで、「なにその、ボランチ?」「うん、ボランチ。守ったりパス回したり」するような、チームの汗かき役として献身的な働きを見せていた。「ケンちゃんからパスもらって、俺が点決める感じ」と、ここまで聞いて、あ、これは前にも聞いた話だと私は思い出す。しかしまだ記憶は曖昧で、サトルが話を続けることで復習をしたようになって、話がより鮮明になる。二人の中学時代の最後の大会、一点差を追いかける展開で終了間際、ディフェンスラインの裏に抜けたサトルにケンちゃんから絶妙なスルーパスが通る。前に飛び出してきたゴールキーパーをワンタッチでかわすと、ベンチで見守る控え選手たちが反射的に立ち上がる。無人のゴールへ利き足と反対の右足でボールを流し込むと、歓声が上がる。ボールの行方を後ろから眺めるケンちゃんが思わず叫ぶ。入った! サトルは右の拳を握り、ガッツポーズの準備をする。「カーン、って。ボールがポストに当たって跳ね返って」最後のチャンスを逃したチームは、準々決勝に進む前に敗れて二人は引退した。サトルが「ケンちゃんが泣いてんのを見たのは、後にも先にもこのときだけ」だった。サトルは高校でもサッカーを続けて、ケンちゃんも続けようとしていたが入部してすぐに、先輩や同級生とうまが合わなくて辞めてしまう、というのは誰かから人づてに聞いただけで、この辺りからサトルはケンちゃんの色々を全然知らなくなるし、ほとんど疎遠になる。かと思えばときたまケンちゃんから連絡が来るには来ていて、待ち合わせて二人が通っていた小学校の裏手で会ったりした。黒いフェンスを挟んで、二人がよくサッカーをしていた校庭が見える。どうしてそこで待ち合わせをしていたのかは分からない。本当は別の場所で待ち合わせていて、しゃべりながら自転車を漕いで移動しているうちに辿り着いただけかもしれないが、いつもそこで、「スパイクをね、ケンちゃんが」履かなくなったものから状態のよいのを選んでサトルに譲ってくれる。そのやり取りが数ヶ月に一回のスパンで続き、何足か貰った後、貰えるスパイクのサイズが合わなくなってきた。ケンちゃんは家にある小さいサイズのから順に持ってきてくれていたから、これより先は大きくなる一方だった。「二十六センチ、履けるかな」とサトルは呟き、「ちょっと大きめくらいなら履けるか」と言って受け取る。けれどそのスパイクは一度も履いてない。「もったいないじゃん」「うん」だから次にケンちゃんと会って、あげると持ってきてくれたスパイクは受け取らなかった。「ちょっと大きいからやめとこかな」と言うと、ケンちゃんは「あー、そうだな。おっけおっけ」と言ったかなんて言ったのだったたか。「それでケンちゃんとはそれっきり」サトルは一度も会っていない。成人式にもケンちゃんは来なかった。「なんだかあのときに」ケンちゃんとは進む道がぷっつりと二手に分かれてしまったのだという気が、「した?」「うーんいや、今ね、今」話しているうちにサトルにはそう思えてくる。ケンちゃんは熱心に打ち込んでいたサッカーを辞めてしまい、友達でありチームメイトであったサトルに自分のスパイクを譲り渡すことでサッカーへの未練や何かを消化していたのかもしれない。かもしれないというだけだが、そうだとして、それがサトルに拒否されて、別にその拒否がどうこうではなく、ケンちゃんもその拒否にショックを受けたのでもなく、しかしなんだかサトルとの接続は、サッカーとの接続は、それでぷっつりと切れたというか、そうだからサッカーの話なんだけどサッカーだけでない色々も含めて、ケンちゃんは二人のあいだに大きな隔たりを感じたの「かもしれないね」「うん、かもしれない」だから違うかもしれない。こうして思い出しながらも、サトルはなぜだかケンちゃんがスパイクをくれたときや、サッカーをしている姿を鮮明な映像に起こせない。はっきりと浮かんでくるのは、あじさい号の運転席に座る幼いケンちゃんだけで、頭の中のどのエピソードのケンちゃんも、あじさい号の車の外から見た、あるいはその助手席から見たケンちゃんの横顔に変換されて、「いや、でもおかしいな、俺はそのとき助手席には乗ってなかったのに」なぜだか運転席のケンちゃんが、一番近い場所からよく見える。「やっぱ勘違いなんじゃない？夢で見ただけとか」と言ってもサトルはまだ頑なにケンちゃんのあじさい号乗り回し事件を事実と主張する。「たしかにそうだった、はず」と言いながら、サトルはケンちゃんの運転する車の助手席にもう一度乗り込む。いつの間にか想像上のケンちゃんはいくらか歳を取って大人らしくなっていて……あれ、と思う。ケンちゃんとはスパイクの一件以来、一度も会っていないはずなのに。実はどこかでぱったり、でもぱったりで人の運転する車に乗せてもらうはずないから何かしら連絡を取って約束して、どこかにドライブに行った、のだろうか。「絶対そうだよ。やっぱあじさい号乗り回しはないよ」うーん、と考えこむサトルをよそに、私も私で、あじさい号を運転するケンちゃんを助手席から横に見てみる。でも私が乗っていることにケンちゃんは気づいてなくて、「おーい、どこ行くの?」と声をかけてみる、が、反応はない。ケンちゃんはどこかへ行こうとしているように見える。どこか遠くへ。

「たしかあのとき、ケンちゃんのご両親が離婚してたんだ」「え?」と顔を上げると、目の前でサトルがウーロンハイを飲んでいる。「それがどうとかじゃないんだけど」とサトルは言い、あのときがどのときなのかまでは言及しない。それでもケンちゃんはあのときあじさい号に乗って誰かに会いに行こうとしていたんじゃないかと、もしくはあのときケンちゃんは何かに失望して自分の好きなサッカーにさえ嫌気がさしてしまったのだと、私や人は勝手に想像してしまう。「ごめんね、勝手だよね」「そうだよ、何にも知らないくせに」と言って、運転席に座るケンちゃんが私に向けたその顔が、ケンちゃんはケンちゃんだけど須永健の方のケンちゃんで、これはあじさい号ではなくてパトカーの中だった。「みんな本当に勝手」と呟くように言う須永健は、事件の日、パトカーを奪った後に何かの拍子にサイレンを起動してしまう。操作が分からないから停止もできなくて、自分の居場所を周囲に知らしめながら逃走をしなくてはいけなくなる。パトカーに乗って逃走する須永健の写真がSNSで出回ったのもそのせいだ。フラッシュが当てられ、まるで映画のワンシーンみたいに逃げる須永健。「ねえこれ、止められないの?」「なに?」「この音!すぐ捕まっちゃうよ!」「そんなの知らないよ!」須永健は気が動転しているようで、がちゃがちゃと色んなボタンを押したりレバーを引いたりするが、ワイパーが起動したり空調が作動するだけでサイレンは鳴り止まない。だけど「あーもうだめだ」と、すぐに諦めたようになると、須永健はかえって落ち着き始める。騒がしくサイレンが鳴り響く中、須永健の表情は穏やかで、対向車線の車のライトの光に照らされた横顔が眩しく、美しい。「やっぱケンちゃん、えになるね」「え?」「画、画になるなって」と言うと、須永健は軽く目を細めて笑い、「一応俳優だからね」と言った後、「俳優だった、か」と言い直す。「なんでこんなことしちゃったの」問いかけても、須永健は微笑んで首を傾けるだけで何も答えない。「逃げたらダメじゃん。映画、中止になっちゃったんだよ」「なってないよ。代わりの人になってちゃんと公開されてた」「なんだ、知ってたの」「まあ」「でも君の出てるあの映画は中止。永遠に中止。はー、見たかったなー」と私が残念がっても、もう見れないものは見れないので諦めるしかなくて、人は何かを諦めたとき、今私の横にいる須永健みたいな顔になる。憂いを帯びた遠い目。でもこの目はあまりに創作っぽくて、彼が本当はその時どんな表情をしてたのか、「私たちには分かんないんだよね」「うん、だからケンちゃんが」サトルの知らないところで、家族での出来事に心を痛めていたとか、一生懸命だったサッカーも辞めてしまって目の前の様々に意味を見出せなくなったのだとか、そういうのは私たちの勝手な想像でしかなくて、これはまったく間違っているかもしれない。というか間違っている。間違いまくっている。たぶんそういうのは、ケンちゃんが決める。それでもなお、私たちは身勝手にもどこかで見聞きした物語にケンちゃんの姿を観ようとする。ボタン一つで簡単に、ネットフリックスを観るような軽々しさで。ケンちゃんがこっちを見つめている。まるで私たちを非難するかのような儚げなその瞳は、あんまりまっすぐで、私は見惚れてしまう。それからようやく気づく。そこに映し出されているのはケンちゃんではなくて、ケンちゃんを演じる須永健だ。

「実は私、けっこう好きだったんだ、ケンちゃんのこと」「え、ケンちゃん?」「あ、違う。須永健の方」ああ、そっち、と言い、サトルはほとんど空になったウーロンハイのグラスを振る。中に残る氷が音を立てる。「でも俺あれは好きだった」「あれ?」「あの、須永健が出てた」それからサトルは、うーん、と考え込んで、自分の見た須永健が出演していた映画のタイトルを思い出そうとしている、っぽい。「どんな役? 主役?」と聞けばサトルはまたうーんと唸り、「あ、主役」と言い切ってすぐ、「じゃないか」と曖昧になり質問の答えにならないが、やはり映画のタイトルを絞り出そうとはしていた。「他に誰が出てたとか、覚えてないの?」と聞いてもサトルはもう自分の記憶に自信がなくなっているようで、「いや、俺あんま映画とか見ないから、勘違いかも」と、それ以上は思い出す努力を放棄する。「えー」私は須永健の出た映画のタイトルをほとんど知っていたから、片っ端から挙げてサトルの好きだった映画を特定しようと思ったが、なんだか無意味に思えてきて止める。代わりに自分の中でなんとなく決めていた須永健出演の映画のベストスリーをいったん思い浮かべてから、ちょっと考えた後、二位と三位を入れ替えた。

はんかちをもたずにでんしゃにのる

はんかちをもたずに
でんしゃにのる
ふきたいまどがある
ふいて、見たい外のけしきがある
でんしゃをおりることはできない
けしきはつづき　はんかちを
もってこなかったことをかるく悔いつづける
てをよごすことがいやで　いままで
見のがしてきた　おおくの　けしきがある　それらが
忘れられる間際にひらりと何かをまたぎ越えながらこちらを見ているのがわかる

＊

ごわごわの　かさかさの

記憶

記憶に水をやる
と　よく日　食材のように素直に水にもどって
歯ざわりがよみがえっている
奥歯でかみしめると
にがさがもどっている
瑞々しいにがさのむこうに
何十年に一度という晴れやかな雨上がりの空のにおいがする

＊

わたしが生まれたその日を
おばあさんになりはてたわたしが
見ている

寝たきりのわたしを
胎児のわたしが見ている
二人とも　わたしが会ったことない人だが
二人の間で　話は
とっくについていているのかもしれなかった

人から聞いた白の話3つ

1　白いシャツ

私服の制服化、というのが流行っている。これと決めた同一のデザインの服のみを複数着持ち、それ以外の服は極力排して、毎日決まり切った装いで過ごすというものだ。無駄にたくさん洋服を持っていても死蔵品が増えるばかりでしょうがない、実際に確実に着る分だけを持って無駄なく着回そうという地球環境や経済面への配慮に加え、ほんとうのおしゃれとは決して日々ちがった服装に挑むことではない、むしろ日々のテイストを統一して自分にとっての定番を心地よく着ることであるといった生き方の哲学のようなものを体現できるとあって、この境地を目指す人が増えているらしい。まさにこれを実現した人として有名なのは、イッセイミヤケの黒いタートルネックシャツとリーバイスのジーンズで過ごしたスティーヴ・ジョブズだ。彼は、毎日の服を選ぶ時間と服を決める脳のエネルギーの節約のために、このような習慣を身につけたという。

知らんけど。

派遣先の同僚の田辺さんの前の職場の先輩に、この私服の制服化をやっていた人がいたらしい。

「木村さんていう人やったんですけどね、うちらより10歳くらい上の人で、これ10年くらい前の話やから、そのとき木村さん、ちょうど今のうちらとおんなじくらいの年齢やったんちゃうかなあ」

私と田辺さんは別に親しくはないのでお互いの年齢を教え合ったことはないが、田辺さんはどうも私を自分と同年代と見積もっているようだ。まあそうかな、とは思う。私も田辺さんもお昼に手作りのお弁当を出さない。田辺さんはどうだか知らないが、私はお弁当箱というものを持っていない。コンビニで買ったおにぎりやサンドイッチなんかも出さない。これも田辺さんはどうだか知らないが、私はいつも朝はぎりぎりなので、コンビニなどに寄ってちんたらお昼ごはんを買っている余裕なんてない。また、ここの会社の昼休みは45分。最寄りのコンビニまでは片道徒歩10分、往復20分の道のりだ。私たちは出社時に朝イチで表に◯をつけたら支給される、仕出しのお弁当を食べている。

その木村さんという人は、いつも白いシャツを着ていたという。

「田辺さんもよう白シャツ着たはりますよね、今日はちがうけど」

「木村さんの影響ですね、でも徹底できなくて……」

「ああーなかなかねー、難しいですよねえ」

「あ、それで、木村さんなんですけど」

「その人、下半身は？」

「あー、なんかズボンですね、まあそれはええとして、とにかくいつも白シャツやったんですよ。それもものすごい真っ白の。光り輝くくらい真っ白の。なんかもう、清潔感の鬼って感じ」

「あー、白シャツってしばらく着てたらなんか白が黄ばむっていうか、くすんだみたいになってきますもんね。その人はそんなならはらへんのや」

「そうそう」田辺さんはうなずいた。「せやからね、これは単純に、おんなじ服をいくつか買って毎日着てるという問題やないんですね。そもそも、よう見たら襟がふつうのやつやったりボタンダウンやったり丸襟やったりしたし、たぶん全部が全部おんなじシャツってわけやなかったんですよね」

「はいはい、なるほどなるほど」

私は右手の中指の側面に、ついさっき割った割り箸のトゲが刺さっているような気がしていた。私は、食べることやしゃべることを中断してまでそれに対処したくはなかった。私は隙を見ては、しきりに左手の指で右手の中指の側面を、第二関節から指先のほうへとなぞった。たいていは痛くなかったが、ある一点に触れたときには声が出そうなくらいに痛かった。でもその一点がどこかはわからなかった。田辺さんが、私の指がどうかしたのかと心配そうに尋ねた。私は一言二言で事情を説明して、たいしたことじゃないから木村さんの話の続きを話すようにと言った。田辺さんはだし巻きをまるごと口に入れた。私はゴマと塩を振ったご飯を箸ですくっていた。

「誰かが木村さんに聞いたんですよね。なんの洗剤使てはるのって。そしたら、秘密やて。それでもしつこく聞いてたらね、やっと、これは市販の粉末洗剤何個かとなんかの薬品を調合してオリジナルで作ってんのやと教えてくれはったんですよね」

「へえ、マメな人ですねえ」

「それで、調合の方法は教えられへんけどて言うて、小さいジッパーバッグに小分けにした洗剤を持ってきて、ほしいて言う人に配ってくれはったんですよね」

「うわ、やばい白い粉がこっそりやりとりされる職場ですか。やばいっすね」

田辺さんはちょっとだけのけぞって明るく笑った。

「それそれ、まさに、その洗剤のこと、うちら『やばい白い粉』て呼んでたんですよね」

その「やばい白い粉」は、一般的な粉末洗剤と同じように一般的な洗濯機の自動モードで使えるということだった。「色柄モノもOK」と木村さんは保証した。

そして、たしかにそのとおりだった。その「やばい白い粉」で洗濯した服は、まぶしいばかりの白さに洗い上がった。白シャツも、色柄モノも。

「色柄モノも」私は鸚鵡返しにした。

「そう、花柄もボーダーも、なんなら真っ黒のシャツもね、全部真っ白になったんですよね。はじめから白シャツやら白Tシャツやったみたいにね。OKていうのは、色も柄もぜんぶきれいに落ちて真っ白になるからていう意味やったんですよね」

いやいやいやいやいや、と私は笑おうかと思った。しかし、田辺さんは笑っていなかった。顔のかたちとしては微笑んではいたけれど、田辺さんは笑ってはいなかった。

「そんななって、びっくりしたでしょ。クレームとか出えへんかったんですか」

出なかったという。なかには下着や靴下、ハンカチまでいっしょに洗濯機に放り込んで真っ白になった人もいたが、木村さんに文句を言う人はいなかった。それは、その白さがあまりにも完璧だったからだった。その白は美しかった。はっきりと発光していた。神々しかった。それを着ると、誰もが清潔感の鬼だった。

「それで、職場が毎日吹雪の日みたいになって」

「吹雪の日」

「白くてまぶしくて目ぇがよう開けてられへんくらいで」

「あら……そらたいへん」

「それで、うちらみんなあの『やばい白い粉』なしではあかんみたいになってしもて」

「まじでやばい白い粉やん」

「ほんまそうよ。そやのに」

それなのに、みんなに求められるまま「やばい白い粉」を配り続けていた木村さんは、ある日失踪してしまったという。

「なんかね、今日来はらへんなあて言うてたら、電話かかってきて『辞めます』て。そのまま荷物も取りに来はらへんかったんですよ。せめて洗剤のレシピが残ってへんかってみんなで引き出しやらパソコンのデータやらさんざん調べたんですけどねえ」

「そこは仕事の引き継ぎの心配せなあかんとこやろ」

割り箸の白さは、ナポリタンソースをからめた短いスパゲティでだいなしになっていた。

私たちは会議用の机の角を挟んで座っていて、田辺さんは私の左前方に位置していた。田辺さんのうしろには大きな窓があった。窓の向こうは曇りの昼だった。ここらへんには背の高い建物はこの会社以外はあまりなくて、雲に覆われ尽くした白いだけの空があった。曇っているから昼にしては暗い昼だけれども、それでも空はちゃんと光り輝いていて、白いだけなのに不穏なまでにぎらぎらしていて、田辺さんは逆光で薄く影のかかった画素数の少ない人みたいになっていた。

田辺さんは、ボーダーの長袖Tシャツを着ていた。綿100%と思われるその生地は、度重なる洗濯のせいか薄く硬く乾いた紙みたいな質感になっていて貧乏くさかった。それに、色がなんだか変だった。生成りの白地に赤っぽいボーダーで、その赤は商品として提供された赤ではないような感じがあった。赤ちゃけたような、ローストビーフの断面みたいに肉の色味のある、きたない赤だった。

ふいに合点がいった。あれは、塩素系漂白剤で本来の色が抜けてそうなっているのだ。私は、黒いTシャツにうっかりキッチンハイターの滴が飛んで、赤く焼けたみたいに変色したことを思い出した。田辺さんのボーダーも、もともとは赤と白のボーダーではなくて、黒と白かグレーと白のボーダーだったにちがいない。

田辺さんはまだその「やばい白い粉」を再現しようとがんばったはるんやなあと私は思った。私はなんといったものかわからなかった。「やばい白い粉の調合、成功するといいですね」か？「田辺さんは今でもじゅうぶん清潔感ありますよ、そら清潔感の鬼とまではいかんかもしれへんけど」か？

私が思いついたことを全部言っているうちに、田辺さんが机の上に放置されているホッチキスを手に取った。みるみるがしゃんと開き、中から針を一本取り出し、曲がっているその針を指でまっすぐにする。

私は田辺さんがくれたその針で執拗に右手の中指の側面を突っついた。仕出のお弁当の箱は、私の分も田辺さんが指定の置き場所に返しに行ってくれた。昼休みが終わるころ、やっと刺さっていたトゲが取れた。それはすごく小さかった。こんなに小さいのだったら体に入れたままいっしょに生きていけたのではと思うくらいに小さかった。

2 白い本

まっつの離婚したお父さんの田舎はとても田舎で、あまりに田舎すぎて図書館の本が白かった。

まっつのお父さんは小学校3年生のときに離婚していなくなってしまったが、それまでは毎年夏休みに一週間ほど家族でお父さんの田舎に泊まりに行っていた。しかしそこはほんとうに田舎であった。ビニールハウスと見捨てられた畑がえんえんと続いていて、空は真上だけではなかった。前後にも左右にもあった。空は真、平な地面にかぽっとかぶせられたドーム状の蓋だった。まっつの離婚したお父さんの田舎は、そんなところだった。田舎には、親戚の子どもたちがいるわけではなかった。老人しかいなかった。ビニールハウスに入ってはいけなかった。見捨てられた畑もだめだった。そもそも畑は、べつに見捨てられているのではないらしかった。でも、そこにはなにも植わっていなかった。植わっていても、長い髪のひとがぐったりと倒れてるみたいに葉がしなびて土に伸びていた。黒い半透明のゴミ袋や横倒しのドラム缶が雨晒しになって破れたり錆びて穴が開いたりしているのが、畑の隅っこにごろごろしていた。まっつにはなにもやることがなかった。お父さんとお母さんにはあったのだろうか？　まっつにはわからない。

お父さんは毎年、滞在中に一度は必ず市立図書館に連れて行ってくれた。それは車を40分も走らせたところにあった。市立図書館の周辺は、一応ちゃんと町だった。そこでは空は真上にしかなかった。いつも曇っていて、車道の両脇の歩道にはアーケードがついていた。商店街なのだった。店はだいたい閉まっていた。ペンキを分厚く塗られた灰色のシャッターに、店の名前と電話番号が書いてあった。それらはいつも読めるとはかぎらなかった。まっつの読めない漢字もあったし、まっつの動体視力では拾いきれない文字もあった。通りを歩いている人はいなかった。準備中の町だとまっつは思った。まだ用意ができていないから、人がいないのだ。でも2つか3つは、開いている店があった。コンビニとスーパーのチェーン店だった。ガラスの外壁ごしに、中の照明と売られている品々と店員とわずかな客が見えた。そこだけは唐突に準備中じゃない、現実が稼働している感じがあった。

市立図書館は、アーケードが途切れたところにあった。薄汚れた白のタイル張りの建物だった。お父さんはまっつの手を引いて灰色の絨毯敷きの床を進み、色画用紙で文字をくり抜いてつくった「子どもコーナー」という札が天井から下がっているところまで来ると、「ほんじゃな」と言って手を離した。

子どもコーナーは、大人の腰の高さの本棚で楕円にゆるく囲われた空間で、ほかとおなじく灰色の絨毯敷の床が続いているだけなのに、なぜか靴を脱いで入らねばならなかった。図書館にはほとんど利用者の姿はなかったが、ここだけは人気だった。いつ行っても必ず子どもがいた。しかも、ぽつりぽつりといるのではなかった。ぎゅうぎゅう詰めと言ってよかった。それなのに、しずかだった。子どもたちは前後左右の子と肩や肘や足の裏を意図せず触れさせあいながらぺたんと座り、それぞれ本棚から選んだ本に没頭しているのだった。子どもたちの年齢層は幅広かった。乳児に近いような幼児から背が伸びて短パンが痛々しいまでに似合わなくなっている高学年の子までいた。もしかしたら中学生もいたかもしれない。それらの知らない子どもたちは、まっつがやってくるとちらりと目を向け、それからすぐに自分の本に目を戻した。まっつはのろのろと靴を脱いだ。すでにコーナーの入り口では、先客の子どもたちの脱いだ靴が餌を求める鯉みたいに脱ぎ散らかされていて、彼女はそれらをぴょんぴょんと飛び越えなければならなかった。本棚から本を選んで適当なところで中腰になると、知らない子どもたちは無言でまっつのためにスペースを空けてくれた。まっつは三角座りになり、右膝と左膝のあいだに本の背を挟んで開いた。子どもたちのばらばらの呼吸の音と、ページをめくる音がしていた。猫背になった背中に、うしろの子どもの立ててかたむいた膝頭が当たっていた。当たっていないところにも、知らない子どもの体温の気配が押し寄せてはひいていった。まっつはお父さんが迎えにくるまでそこで過ごした。

そこにある本は、ぜんぶ真っ白だった。さまざまな判型のそれらの本はだいたいが上製本で、硬い表紙は真っ白でなにも印刷されていないのにラミネートフィルムできちんと保護してあった。本文も真っ白だった。ページのノンブルすらなかった。奥付もなかった。タイトルもなかった。なにもなかった。全ページが完全に真っ白だった。あるのはラミネートフィルムの端っこにくっついた衣服の繊維みたいなゴミだったり、誰かの手垢のあとだけだった。まっつもふくめて子どもコーナーにいるぎゅうぎゅう詰めの子どもたち全員が、なにも印刷されていない真っ白な本を手にして、おとなしくそれに視線をおとし、めくりつづけているのだった。

まっつにはもちろんその時間が苦痛であったが、苦痛は苦痛なりになぜか過ごすことができるのだった。

「今やったら一分も耐えられへんけど」とまっつは言った。まっつは図書館から連れ帰られたあと、お母さんに「図書館の本なんでぜんぶ真っ白なん?」と聞いたことがあった。お母さんは「え? 図書館の本真っ白なん?」と驚き、「かなんなあほんまに。田舎はこれやから」とあきれた。

これは、スタバで本を読もうとして文庫本を開いたまま聞いた話。隣席の二人連れのうちの一人でまっつと呼ばれている女の子が「せやし、私の離婚したお父さんの田舎めっちゃ田舎やし、あんまり田舎すぎて図書館の本も白いんやと思っててん」と話をしめくくると、もう一人のおっきーと呼ばれている女の子が「そんなわけないやん！」と手を叩き体をよじらせて笑った。

3　白い木々

「そういえばさあ、この前ネットで読んだんやけどさ、なんか地球が滅びるときって木が白くなるんやって」ひとしきり笑って気が済んだらしいおっきーが言う。「木ていうか葉っぱが」

「へえー」まっつは興味なさそうだ。私はちょっとある。

「葉緑体？　がなんでか忘れたけどなくなって、ふつうは葉緑体が分解されたら葉っぱって紅葉するんやけど、紅葉するときの赤とか黄色の色素もどっか行ってしもて、葉っぱが全部真っ白になって、ほんで光合成せんくなって酸素が出んくなるんやって。知らんけど。とにかく何百年後かに、世界中の木の葉っぱが全部真っ白になって地球が滅びるねんて」

草は？　草はどうなるんだろう？　きっと草も真っ白になるにちがいない。

「へえー」まっつは相変わらず気のない返事をしている。「きれいやろねえ。見てみたいなあ」

胡椒の舟

東都が水の都であることは誰もが知っている。太田道灌《おおたどうかん》という過去の都市建設者が意図をもってそんなふうに造ったという事実を知らなくても、水の都という語がどんな風景や情景から導かれたかについては容易に想像できる。夏の黄昏《たそがれ》どき、私有の舟の舳先に立つ朧《おぼろ》な人影、冬の朝、月島に向かう通勤船、恵比寿の街の下をくぐる長い水の隧道《トンネル》、蜘蛛手に張りめぐらされ、移動を内包したそれらの水の道。河も運河も水路もそこかしこで緩慢を営み、鈍い色の水は人の生活を縫って泰然と流れる。

そして橋を見るがいい。幾百の橋を。橋の名だけで骨牌《かるた》ができそうなほどの数の、ひとつとして同じ形のない橋を渡るのは、明るい色の平べったい乗用車、金属光沢の箱型の商用車、それに大小の人、犬。それぞれが目的を抱き、あるいは欠き、橋を渡る、顔をあげれば頭上にあるのは陽や澄んだ月や雲がちの空であり、大気を埋めるのは季節によって草木の匂いあるいはさまざまな種類の雨や、花片のような雪で、季節を問わないのは酸素や、水素や、土埃や、風鳴《ふめい》である。

一人《いちにん》が橋のなかほどに立っている。橋の途中といった場所に用事が生ずることはほとんどないので、途中で立ちどまる者は珍しい。そもそも途中というものに用がある人はほとんどいない。用があるのはみんな目的のほうだ。

その一人が水の面《おもて》から顔をあげて、あげると東都の東南部の風景が自然に目に映る。東都のこのあたりにはまだ旧《ふる》い街並みが残っていて、その事実にすこし慰められる。平屋の木造の家並み、くすんだ色の低いビル、右のコンクリートの堤に開いた穴から水が滝となって河に落ちる。落下の音は風鳴のために聞こえない。けれどその水量のたくましさに田舎の家で水道管が破裂したときのことを想起する。破裂した水道管から無為にそして大量にあふれだす水、大人たちはしばらくどうしようもできずに見ていた、あの豊かで無駄な水の奔流。つぎからつぎへと見えない場所からやってきて、膨れ、盛りあがり、零れる、生き物のような、放埒な、放恣な。

橋のなかほどの一人がノスタルジーにそのように収奪されていたとき、人影が河の反対側から近づいてくる。

「遅くなってすみません」と影は言う。

いいえとわたしは答える。

「いまきたばかりです」

実際には二十分前からそこにいたのだけれど。

わたしたちは待ちあわせていた。わたしたちは結婚することになっている。冬がくるころに。

並んで橋を渡り、土手に沿った道を進むと、やがて料理店の看板が宵の闇の低い位置に浮かびあがる。小さな暖色の看板。茫《ぼう》と柔らかくアスファルトを照らしている。

白耳義《ベルギー》の料理を出すその店でわたしたちは遅くまで話した。いや実際にはそれほど多くの話題を口に上《のぼ》せたわけではなく、多いような気がするだけかもしれない。なぜならいまふたつのことしか思いだせないからだ。ひとつは河いるかのことだ。

河いるかのことはもちろん知っていたけれど実際には見たことがない。

「東都の西にいるいるかは小型ですね。あの形や色はなんだか人がデザインしたものに見える。水棲動物をデザインしてみろと言われて、優秀なデザイナーがそうしたように。それに同時にあの曲線は古代的にも見えるしアールヌーボーにも見える。不思議な動物だと思います」

「溺れている子供を助けたという話はほんとうなんでしょうか」

「ほんとうらしいですよ」

大量のムール貝がバケツのような容器に盛られて運ばれてくる。多摩丘陵の谷の部分をゆっくりと流れる広い河、子供を助けるいるか。

それから本の話をした。ふたりともそれぞれの地区のブッククラブの会員だった。

「『ドラキュラ』は読みましたか。ブラム・ストーカー、英国の作家が書いた長い物語」

「読んでいません。吸血鬼小説ですね」

「そうです。面白いので薦めます」

「ドラキュラは伯爵みたいですね。どうして貴族という設定なんでしょう」

「そういうことはたくさん論じられています。研究書は読んでいないのですが。血を吸うということに社会的な意味があるということでしょうか。来月、そういう問題を研究している学者の講演があります。行きますか？」

「考えておきます」

コーヒーが運ばれてきて、わたしたちは黙って飲んだ。

そして向こうが言った。

「知っていますか、あの話？」

なんのことを言っているかはわかった。

「風鳴《ふめい》のことですか？」

「そうです」

「アイスランドにもケープタウンにももう風鳴はないそうです」

「ほんとうなんでしょうか、信じられないのですが」

「わたしも同じ気持ちです」

風鳴がなくなるという噂をはじめて耳にしたのは半年ほど前だった。最初は誰も信じなかった。風鳴がなくなる。それは海が干あがる、人が永遠に生きられるようになるというような話に聞こえた。風鳴は惑星の音だ。そう言われている。惑星の自転の音だと。風鳴がなくなるのはこの星が自転を止めることを意味する。そんなことはあり得ない。自転の理屈はわからないが、たぶんあり得ない。

けれど驚くべきことに風鳴は実際に消えはじめたらしかった。北と南の極地から消え、緯度の小さいほうに向かってすこしずつ消失が広がっているという。

自転が停まり、星が死ぬ、世界は終わるのだ、みなそう話した。

けれども実感をもってそれを話すことは誰にもできなかった。日常はあまりに日常だった。そして風鳴の消失した地域の情報がすこしずつ確実に伝わりはじめた。もちろん映像ではわからなかった。風鳴は音なのだから。けれどそれでも人の驚きは伝わってきた。風鳴がないことにたいする驚き。

風鳴がないというのはいったいどういう状況なのだろう。建物はもちろん防鳴の造りが当たり前になっている。けれど完全な防鳴は経費がかさむので一般的ではなく、室内でも風鳴はいつも聞こえた。室内ならば叫ばなくても言葉は通じるが、それでも体話に頼るのが普通だ。外では顔を近づかなければ声は届かないし、体話のほうが重要になる。

風鳴がないとどうなるのだろう。滝の近くに行くと風鳴より水の落ちる音のほうが勝る。

電車が窓を開けて走っていると風鳴の音より走行音のほうが勝る。滝から離れると、電車から降りると、ずいぶん静かになる。風鳴が失くなるといったいどれほど静かになるのか。外でも声だけで人と話せるのか、丘の頂から叫んだらその声はどこまで届くのか、風鳴に射落とされずに声は屋根から屋根まで届くのか、振動マイクロフォンを使わなくとも放送や拡声ができるのか。

つぎの休日、恋人は用事があったので、わたしはひとりで西部方面に行く電車に乗った。河いるかを見るためだった。丸一日待ってもそう見られるものではないらしかったが。

休日の田園線は空いていて、漂着物のようにまばらにすわった乗客はみんな休日の顔をしていた。西部にはあまり行ったことがなく、学校の遠足で多摩渓谷を訪れたことがあるくらいだったが、そこはほんとうに山間《やまあい》という印象で、東都の近くにこんな場所があったのかとわたしは驚いた。

駅から五分ほど歩くともう河岸で、河幅が広いことにわたしは驚いた。土手を歩きながら水面に目をこらす。そしてすぐにそういうやりかたでは河いるかを見つけることはできないと思った。あまりにも行き当たりばったりすぎた。双眼鏡かなにかを買ってくるべきだったのだ。

百メートルほどさきで工事をしていて、護岸工事だろうとわたしは目星をつけた。フェンスで広い区域が囲まれ、水際にさまざまなものが見えた。トラック、重機、建造されたとおぼしいもの。重機も目にしたことがない種類だったが、そこに建造された、でなければ運ばれてきたものはさらに珍しく、それは銀色と黒のふたつの色の立方体だった。小さくはない。一辺が二メートルはありそうだった。どちらの色の立方体も大きさは同じで、それが二ダースほどあった。河岸でその立方体を使ってなにかがゲームでもやっているような、そんな印象があった。

土手から岸に下り、フェンスに沿って歩くと入り口があった。入り口は開いていた。奥に宿舎のようなものが見えたが人影は皆無で、宿舎の窓にも人の姿は見えなかった。立入り禁止の看板はなかった。わたしは一瞬ためらった後、フェンスに囲まれた区域に足を踏みいれた。

さすがに宿舎は気になったので、なるべくそこから遠いコースをとって、河岸に向かった。銀色と黒の立方体は近くに行くと思ったより大きかった。そして想像していたようなコンクリート製ではなく、もっと軽い素材でできているように見えた。半分ほどは河のなかにあり、残りは岸辺に置かれ、やがてそれらも流れのなかに運ばれるのか、それともそのままなのか判断がつかなかった。大きな重機は沈黙した獣のようだった。鉄の獣。不可思議な絵のなかに紛れこんだような気がした。これらの機械は河を改造しようとしているのだろうか。わたしは河いるかのことを忘れていた、そして声があった。

「危険です。それ以上施工区域に近づいてはなりません」

わたしは飛びあがった。そして振りむいた。

警備員だった。人ではなくロボットの警備員。ほっとした。人間であった場合ほどばつの悪い思いをせずにすんだのだ。

「そうですか、わかりました」わたしはそう言い、それから尋ねた。

「ひとつきいていいですか」

「はい」

「なにをつくってるんですか」

「発電装置です」

発電？　こんなところで？　とわたしは思った、だからその疑問を口にした。

「こんな場所で水力発電ができるのですか」

「くわしい質問に答えることは禁じられています」

あらたに興味をおぼえてわたしはもう一度立方体のほうを見た。体の動きが警備ロボットのセンサーを刺激したらしかった。

「危険です。近づかないでください」

「なにが危険なの」

「くわしい質問に答えることは禁じられています」

意地が悪い衝動が湧きあがった。

「危険だとなぜいけないの」

同じ答えがかえってくるかと思ったらそうではなかった。

「安全が脅かされます」

答えになっていなかった。

「わたしはわたしの安全が脅かされても平気なの」

「安全が脅かされることは禁止されています」

語彙がもうないのだ。

「ドラキュラって知ってる？」

「お客様相談室におつなぎしましょうか」

「吸血鬼って知ってる？　いつかの夜、ドラキュラがあなたの血を吸いにやってくるかもしれない」

「夜はゲートは閉鎖されます」

「吸血鬼にゲートは意味ないの、飛べるから」

「お客様相談室におつなぎします」

「いいの、だいじょうぶ」

そこでわたしは気づく。一切は映像に残されるかもしれなかった。わたしは不審者ということになるだろう。警備ロボットに背を向けてわたしはその場をあとにした。

ああいう立方体で、そしてあんな遅い流れの力で発電することはできない。

駅は大きな建物だった。建物はふたつのブロックにわかれ、わたしは興味を持てないまま、なかをすこし歩いてみた。けれどもすぐに疲れて二階の広いカフェに入った。飲み物を口に含ませながらわたしは吸血鬼の小説のことを考えた。『ドラキュラ』は読んだことがあった。

わたしはミナ・ハーカーのことを考えた。登場人物のひとりミナ・ハーカーの外見は、ほとんど描写されない。彼女がなにを着て、どんな髪型をして、どんな癖があるか、どんな食べ物を好むかといったことは。

ミナ・ハーカーはおもに血を吸う怪物との関係において描かれる。

カフェにほかの客はいなかった。みんな自分の仕事で忙しいのだろう。

目が覚めたとき、なにかがひどく間違っている気がしたし、もしかしたら自分は死んでしまったのかと思った。

なにかがおかしかった。そして違和感は静かなせいだということがわかった。おそろしく静かだった。音がなにも聞こえない、まるで世界が凍ってしまったかのように。

体が動かないような気がしたが、身を起こすことはできた。上半身が動くとき、上半身が動く音が聞こえた。空気を裂く音なのだろうか、これは。わたしは恐怖にとらわれた。

立って、窓辺に向かう。

外の風景にいつもと違ったところはなかった。いつもの休日の朝だった。よく晴れていた。予報は曇りだったはずだが。

顔も洗わず、歯も磨かず、わたしは服を着て、外に出た。サンダルをつっかけて。

よく晴れている。この空の色はなんだろう。

すこしの数の人が歩いていた。少ないその人たちは自分を含めてたがいの顔に浮かんだ表情をたしかめようとした。誰の顔にも恐怖が滲んでいた。老人はわたしに話しかけようとし、わたしは逃げた。犬をつれた人がいて、犬の顔にも恐怖があった。

この静けさ。

けれどおそらく恐怖は静寂からきたものではなかった。わたしは自分が歩く音に驚愕した。靴と地面が擦れあう音とはこういうものだったのか、いや靴の音どころかわたしは自分の身体が発する音、息を吸う音、吐く音、鼻をすする音に驚いた。自分という存在はこんなに音をたてるものだったのだ。

けれど誰もが、この街の誰もがいま不安の極致にあった。これからなにが起こるのか。人も、動物も、虫も、石も、建物も、すべてが不安に衝かれて呻吟していた。

それから一週間ほど経ったころだろうか。わたしは夢を見た。東都が静かになって、いやある意味では東都が音を出すようになって、しばらく経ってから。

夢のなかのわたしは知らない場所にいた。知らないところにもかかわらず、いまいるところにそっくりだった。この世界とそっくりの世界。そしてわたしの前には三人の人間がいた。

左側のひとりは見たことのない奇妙な形の箱を抱えていた。子供を抱くように胸の前に抱えていた。

右側のひとりは金属でできた筒を咥《くわ》えていた。なにかを吸っているのかと思ったがどうも違うようだった。両手の指が筒の上で動いていた。

中央の者は口を開けたり閉めたりしていた。喋っていた。しかし喋っているにしてはどこかが妙だった。視線があちらこちらにさまよい、けれどなにかを見ているふうでもない。口が穴のように開く。蝶々か小さな鳥がそこから出てくるような気がして、しばらく口から目が離せない。

わたしは目を覚ます。夢が壁龕《アルコーヴ》に隠れる。

何日かしてからわたしはその夢のことを恋人に話す。恋人はしばらく黙りこんだ。そして言った。宗教儀式なのかもしれない。両側の者が持っていたのは聖具なのだろうか。しかし咥えているというのは奇妙だ。宗教儀式の際になにかを食べるというのは珍しくない。聖なるものを身に摂りいれるというのは。けれどもそういうことでもないようだ。いずれにしても、意味が隠されているのではないだろうか。その三人はあなたになにかを伝えようとしていたのかもしれない。あなたが知らないなにかを。恋人はそう言った。

恋人と会うのは風鳴が失くなってからはじめてだ。手を、体をほとんど使わないで話すのは不思議だった。そして恋人はこういう声だったのだ。この人はほんとうにわたしの恋人なのだろうか。肉体的な接触はまだなく、わたしはこの人のことをなにひとつ知らない。

風鳴について自然現象という見地から考える者もいた。一方で人間の感覚器の問題であるとする者もいた。聞こえることははたしていいことなのだろうか。テラスは緑のなかにある。話していると、背後の木の葉が風で動き、わたしの耳にその音が届く。音は時折とても大きくなり、わたしは風鳴が戻ったのかと思う。鼓動がすこし騒ぐ。けれども違うのだった。

犬に手を入れると無限に吸い込まれる。

亡命シミュレーション、もしくは国境を越える子どもたち

大きい荷物はもうチェックインした。手荷物の保安検査場を通り、出国手続きのために、審査官のいる窓口にパスポートと搭乗券を提示する。何も言われなかった。眼鏡を取れ、とさえ言われなかった。髪の色についても指摘されなかった。写真では長い黒髪、いまはショートの金髪。染めてから一か月以上が過ぎ、生え際が黒くなっている。顔もやつれているのではないか。しかし、うっすらとほほえむパスポート写真との類似性は否定されなかった。ラッキー。

ゲートに向かう。時間を潰すために雑誌を買う。出発時刻三十分前、予定どおりにボーディングが始まる。乗客の列に自分も混じる。そして搭乗券を読み取り機にかざす。すると急に赤いバツ印が現れ、地上係員の表情が暗くなった。「ちょっとこちらへ」と促され、別室にいざなわれる。椅子に座らされ、待たされる。「残念ですが、飛行機には乗れません」と言われる。「え、でも、もう荷物が……」「荷物は積み込まれていません」

部屋の隅に、見慣れた黒いスーツケースが置かれている。ロックしておいたはずなのに、開いた状態になって、靴や着替え、本、洗面用具、傘、いろいろなものが丸見えになっている。すべて一度取り出し、チェックしたに違いない。警官らしき男が「これはあなたの荷物ですか？」と訊く。「はい」と答えると、「それを持ってついてくるように」と言われる。

自分は立ち上がる。亡命は失敗した。

日本海にある小さな島の漁港で案内人に会うことになった。案内人の名前は知らされていない。教えられたのは、合図の仕方だけ。旅行客を装って、島の民宿に宿を取るように言われた。装うも何も、自分はほんとうに旅行客なのだ。宿帳に、堂々と住所を書く。もちろん架空の住所だけれど。民宿の表玄関は、午前零時になると閉まる。入浴時間は十一時半まで。家族経営だし、民宿の人たちも夜は眠るのだ。

他の宿泊客はいないので、早々と入浴を済ませる。昔は、女性が一人で地方の民宿に泊まったりすると、自殺志願じゃないかと警戒されたそうだ。だからできるだけ屈託なく、夕食の席ではビールを頼み、風呂では鼻歌も歌ってみる。明日、天気がよかったら自転車を借りて、島の名所をめぐる相談をする。

午前一時。リュックだけを背負って、あらかじめ用意しておいたロープで二階のベランダから下に降りる。路上には誰もいない。そもそもこの島は人口が少ない。港の場所はすぐにわかる。岸壁につけた小さな高速艇から、懐中電灯を回して合図が送られる。こちらも懐中電灯で決められた合図を返し、何も言わずに近づいて飛び乗る。黒ずくめの男が運転席にいるが、顔は見えない。船は出航する。

手数料はすでに払い込んである。四〜五時間で着く、という話だった。着いたら現地の知人に電話する。知人の家でタイミングを見ながら、次の移動手段を手配する予定だ。

天気は悪くない。ときおり半月が雲間から現れる。波は穏やかだ。船は水を切って進む。運転席の男は終始無言。やがて疲れが出たのか、わたしは眠り込んでしまう。

気がついたとき、船はすでに停泊していた。もう明るくなっている。カモメの鳴き声が聞こえる。はっと飛び起きると、リュックがない。男の姿もない。船はロープで桟橋につながれている。目的地に着いたのだろうか。

喉の渇きを覚える。リュックに水が入れてあったはずなのに。船から桟橋に飛び移ろうかと思うが、三メートルくらいの間隔をうまく飛び越えられる自信がなく、甲板に立ち竦む。わたしは亡命できたのだろうか。でも、知人の電話番号もスマホもお金もリュックのなかだ。リュックがなければ何もできない。

*

アンナ・ゼーガースの本を読んだ。本名ネッティ・ライリング、一九〇〇年にドイツのマインツで生まれた人だ。両親はユダヤ人で、父親は古美術商をしており、比較的裕福な家庭で育った。ゼーガースはハイデルベルク大学に進み、二十四歳で博士号を取得。専門は美術史で、博士論文はレンブラントについて執筆した。

インテリお嬢さんだった彼女の運命を大きく変えたのは、亡命ハンガリー人のラスロ・ラドヴァーニとの出会いだ。彼の影響で、ゼーガースは共産党員になった。彼と結婚し、ベルリンに移住した。子どもを育てながら、小説を書いた。そのときのペンネームが「ゼーガース」だった。ファーストネーム抜きの「ゼーガース」。書いたのは男に違いない、と多くの人が思ったそうだ。小説は高く評価され、クライスト賞を受賞した。しかし、まもなくヒトラーが政権の座に就き、ユダヤ人や共産党員への迫害が始まった……。

一九三三年二月に国会議事堂放火事件が起こったとき、ドイツではたくさんの共産主義者が身柄を拘束され、ラドヴァーニ夫妻もその例に漏れなかった。事件の真相はいまだに藪のなかだが、ナチはオランダ人の共産主義者を放火犯と断定して死刑にしている。と同時に、共産党員や社会民主党員への大弾圧が始まった。ヒトラーは以前から、反ユダヤ主義と並んで、「共産主義との戦い」を公約のトップに掲げていたのだ。

国籍がハンガリーだったのが幸いし、夫妻は比較的早く釈放された。その後、ただちに亡命の準備をする。しかし、夫妻には幼い子どもたちがいた。七歳の男の子と、四歳の女の子。それでも、ぐずぐずしてはいられない。

一家はパリに移った。四人で一度に、というわけではなく、夫婦はまずスイスに滞在した。子どもたちはマインツの祖父母とともに、フランスにやってきた。驚いたことに、彼らはマインツ近郊出身の家政婦も亡命先に伴っている。祖父母にはある程度の蓄財があったとしても、先の見えない亡命生活は憂鬱なものだったに違いない。それでも、子どもたちの存在、彼らの成長は、亡命先で気力を奮い立たせる原動力になったのではないだろうか。

ゼーガースはカフェで他の亡命者たちと情報を交換し、カフェを仕事場にして執筆した。子どもたちはフランスの学校に通い始めた。フランス語がめきめき上達し、親の通訳ができるようになった。やがてドイツ軍がフランスに攻め込んだとき、一家は子どもの堪能なフランス語のおかげで命拾いすることになる。

亡命者、と聞くとなんとなく単独行のようなイメージが自分にはあったけれど、ナチ時代の亡命者は数十万人にのぼった。家族持ちだったり夫婦だったり、老親をあとから呼び寄せたり。子どもだけをまず国外に出す例もあった。(「キンダートランスポート」というプロジェクトが知られている。)追いかけるつもりだった親が出国直前につかまり、収容所に送られてしまうことも少なくなかった。

ヒトラーが政権をとったとき、ただちに国外に出た者はむしろ少なかった。ヒトラー政権は短命に終わるだろう、と楽観的な予測を立てていた人が多かったのだ。その前の年には総選挙が二度もあり、首相も二度替わっている。ヒトラー政権は保守系政党との連立だったし、あくまで「お試し」の内閣にすぎなかった。ところが、ヒトラーは国内の敵を次々に非合法化して独裁体制を固め、全権委任法で国会を骨抜きにし、一九三四年には大統領職も兼ねる「総統」となってしまう。

亡命者たちは当初、ドイツの周辺国で待機していた。プラハやアムステルダム、パリやロンドン。何かあれば、その日のうちにドイツに戻れる距離だ。そうした周辺都市に亡命者の拠点ができ、亡命作家のための亡命出版社もできた。出版関係者が亡命し、亡命先で出版社を設立したのだ。ドイツ語で書く亡命作家は、読者から切り離される形にはなったが、彼らの作品は非合法のルートを辿ってドイツ語圏に持ち込まれた。

アンナ・ゼーガースは亡命中に『第七の十字架』や『トランジット』を書き、文学を通じてナチスへの抵抗を続けた。『第七の十字架』は、強制収容所から脱走した七人の囚人たちの運命を描いている。ほとんどの脱走者は遠くまで行かないうちに捕らえられてしまい、見せしめとして収容所長が中庭に立てさせた十字架に架けられる。つまり、殺されてしまう。ただ、一人だけ逃げ延びるのに成功したゲオルクという名の男がいて、処刑に使われなかった第七の十字架は、囚人たちの希望の象徴となる。この作品は、一九四四年にハリウッドで映画化もされた。

囚人がナチの監視網をかいくぐって逃げるのは、どれほど大変だったことだろう。ちょっとした偶然や人々の勇気と親切に助けられ、主人公ゲオルクの逃亡は成功する。実際に亡命していた人々の場合も、その運命はさまざまだった。第二次世界大戦が始まり、一九四〇年にドイツがフランスを占領すると、パリにいたドイツ人亡命者たちは南仏を目指した。マルセイユから船に乗り、さらに遠い国に亡命する。ただ、船に乗るにはお金と書類が必要だった。途中寄港する国のトランジット（一時滞在許可）も必要だった。ゼーガースが書いた『トランジット』という小説には、乗船券や許可証を求めて右往左往する亡命者たちの群像が描かれている。ようやく乗船できたアメリカ行きの船が、ドイツ軍の攻撃によって沈没する、という悲劇もあった。（この作品は、ドイツの映画監督クリスティアン・ペッツォルトが「未来を乗り換えた男」というタイトルで、舞台を現代に移し、難民問題を投影させながら二〇一八年に映画化している。）

二十世紀を代表するユダヤ系の思想家ヴァルター・ベンヤミンも、フランスに亡命していた一人だった。彼は、徒歩でピレネー山脈を越え、スペインに亡命する道を選んだ。リーザ・フィトコという女性が道案内をした。彼一人だけではなく、彼女は亡命者のグループを何度も何度も、国境警備隊に見つかりにくい山のなかの道を通って、スペインまで導いた。ただ、ベンヤミンを案内したときには、無事スペイン側に着けたものの、その日からフランスとスペインの国境が閉鎖されることになっており、亡命者たちは全員、国境の駅からフランスに強制送還されることになった。それを伝えられて絶望したベンヤミンは、携帯していたモルヒネで自殺してしまう。フィトコはそのことを、『ベンヤミンの黒い鞄』という本に書き記した。息を切らしつつ山を越える際にもベンヤミンが大切に抱えていた黒い鞄。重要な原稿が入っていたかもしれないその鞄は、彼の死後、行方不明になってしまった。

ゼーガース一家はマルセイユから出航することができた。アメリカを経由し、メキシコに居住した。子どもたちはメキシコで、フランス系の学校に通い続けた。ゼーガースの両親は、高齢のためか南仏にとどまり、戦争中に亡くなっている。

ゼーガースはメキシコでも、ドイツ語で作品を書き続けた。『死んだ少女たちの遠足』。『死者はいつまでも若い』。タイトルに入る「死」の文字が、戦争やナチの犠牲者への思いを強く表している。

ゼーガースはメキシコで、自動車事故にも遭った。生死の境をさまようほどの重傷だったが、なんとか回復することができた。戦争が終わり、二年経ってからドイツに帰国。皮肉だったのは、戦争責任を追及されそうなナチの関係者たちが、戦後次々に中南米に亡命したことだ。もっとも有名な例はアルゼンチンにいたアイヒマンだが、メキシコにもナチの残党が大勢やってきた。そうした人々と入れ替わるようにして、ナチ時代の亡命者たちは帰国の途に着いた。

ゼーガース夫妻はベルリンで、同じく亡命経験者であったブレヒト夫妻の世話になり、彼らと同じく東ドイツに定住した。そして、文学を牽引するポジションについた。ブレヒトは一九五六年に亡くなったが、ゼーガースは八〇年代まで生きる。東ドイツ作家同盟の会長を歴任し、社会主義を擁護する立場に立った（そのため、たとえばベルリンの壁ができたときにも、政府を批判することを控えた）が、盲目的にイデオロギーを信奉することはなく、現実の社会主義政治の矛盾におそらくは苦しんでいた。そして、若手作家たちを折に触れ励ました。死の二年前には、故郷マインツ（この町は戦後西ドイツとなった）の名誉市民にもなっている。死後は、ブレヒト夫妻と同じくベルリン中心部のドロテーン墓地に葬られた。ここにはヘーゲルやフィヒテなど、歴史上の人物がおおぜい葬られている。
生前ゼーガースが暮らしていたアパートは、いまでは記念館になっている。彼女が使っていた家具がそのまま展示されているが、国を代表する作家の住居にしては質素な暮らしぶりが印象的だ。この記念館で、ゼーガースの息子が記した本を見つけた。『流れの向こう側で』と題され、母親の思い出を綴ったものだ。ピエール・ラドヴァーニとその妹は、両親とともにドイツに帰国することはなかった。フランス語で学校教育を受けた彼らは、戦後、フランスで高等教育を受ける道を選んだ。ピエールは核物理学の教授となり、研究所長も務めた。母の思い出を、彼はフランス語で綴っている。七歳でドイツを離れ、両親とはおそらくドイツ語で話していただろうが、執筆言語としてのドイツ語を身につけることはなかった。彼は著書のなかで、こんな思い出を披露している。

一九三二年末、ぼくは重い病気になって、二か月以上も猩紅熱のためにベッドで過ごさなければいけなかった。さらに薬の副作用でリンパ節が炎症を起こし、自宅で全身麻酔をかけて手術が行われた。この時期、ぼくは初めて本を一冊、最初から最後まで読み通した。セルマ・ラーゲルレーブの『ニルスのふしぎな旅』だ。この本は、いまでも持っている。病気がうつらないようにするため、当時四歳半だった妹はしばらくマインツの祖父母に引き取られた。

このころナチの運動が盛り上がり、一九三三年の一月末にはヒトラーがドイツ首相に任命された。ある日、一人の警官が母を尋問しにやってきた。家のなかで猩紅熱の子どもが寝ていると聞いた彼は、「俺にも子どもがいるんだ！」という言葉を残して、あわてて引き返した。

医者の勧めで、両親はぼくを子ども用のサナトリウムに送ることにした。二月末、母がシュヴァルツヴァルト地方のケーニヒスフェルトにぼくを連れていった。そこの施設をぼくのために予約したのだ。母もそこに、二、三日滞在するつもりだった。午後、母はぼくを連れて近くのスケートリンクに行き、スケートを教えようとした。ぼくはスケート靴を履き、母と手をつないで初めての滑走をしたが、そのとき、スピーカーからニュースが流れてきた。「国会議事堂が燃えている」。二月二十七日だった。母はうろたえた。その夜のうちに、母は夜行列車でベルリンに戻っていった。

その後起こったことは、後になって母が語ってくれた。ベルリン・ツェーレンドルフ地区の住居に戻って、部屋を片づけ、用心のためにいくつかの個人的なものを鞄に入れようとすると、玄関のベルが鳴り、母を逮捕するために警察官が入ってきた。その前の晩から、隣室の住人がドア越しに母の帰りを待っていたのだ。母がナチに反対し、そうした書き物もしていることを知っていて、母が戻ってきたらすぐに電話で警察に密告するつもりだったのだ。母は警察署に連れていかれ、活動の内容を尋ねられたが、当時の警察にはまだゲシュタポのような厳しさはなかった。数時間後――その間に、母が結婚してハンガリー国籍になっていることが判明していた――母は家に戻ることができた。急いで荷物をまとめると、気づかれないように裏口からアパートを出た。その後十四年間、ツェーレンドルフに戻ることはなかった。母は町の中心部に住む友人のところに行き、父を探した。どこで両親が再会したのか、ぼくは知らない。ベルリンか、シュトゥットガルトか、チューリヒか。いずれにせよ、二人は数週間をチューリヒで過ごし、一九三三年四月の初めにバーゼルを経由してフランスに行った。(Pierre Radvanyi: Jenseits des Stroms, Augbau-Verlag, 2005, S.17-18)(翻訳は筆者による)

戦後になって無事に帰国できた亡命者もいれば、ベンヤミンのように亡命の途上で命を絶った者、シュテファン・ツヴァイク夫妻のように絶望から亡命先のブラジルで命を断った者もいる。トーマス・マンの長男クラウス・マンは、金銭的な理由で困窮し、命を絶った。ほかにも、エルンスト・トラーやクルト・トゥホルスキーが亡命先で自殺した。トラーはニューヨーク、トゥホルスキーはスウェーデンのイェーテボリにいた。

*

自分がその時代のドイツにいたら亡命しただろうか、とよく考える。もちろん仮定の話だし、自分の属性や思想によって状況は変わるだろう。日本はその時代、軍国主義下で思想弾圧もあったが、亡命した人は非常に少なかった。共産党はそもそも地下組織だったが、警察に捕らえられた共産党のリーダーたちは、転向という道を選んだ。昭和九年の、佐野学や鍋島貞親の転向事件が有名だ。転向すれば、つまり思想を捨てれば、社会復帰が可能だった。

彼らは復帰し、翼賛体制に巻き込まれていった。

なかには、転向しなかった共産主義者もいた。獄中で死んだ者もいれば、戦争が終わるまで獄中にいた宮本顕治のような人もいた。顕治の妻百合子は有名な作家だったが、彼女も逮捕され、獄中で患い、釈放された。しかし病は癒えず、終戦を迎えることはできたものの、五十一歳で亡くなっている。

百合子はアンナ・ゼーガースと一歳違いだった。ブルジョア家庭の出身で、高い教育を受け、結婚相手の影響で共産主義者になったところが、二人はとてもよく似ている。百合子と顕治には、亡命のチャンスもあった。百合子の父親が、留学という名目でスウェーデンに行くことを勧めたのだ。だが二人は断った。百合子はモスクワに行ったことがあり、望めばそのまま長期滞在できる可能性もあった。しかし百合子は逮捕も覚悟の上で、日本に戻ってきた。

ナチ時代のドイツが大量の亡命者を生んだのは、一度、第一次世界大戦で敗北を喫していたことが大きいのだろう。ドイツは共和国となり、一九一九年にはその当時の世界では一番民主的といわれたワイマール憲法ができた。こんなに進んだ憲法ができたのに、民主主義が根付かなかったのは残念なことだが、多くの人々は戦前の帝国主義のもとで教育を受けており、ヴェルサイユ体制のなかで反仏感情を募らせていた。ただ、往来の盛んなヨーロッパにおいて、フランスやイギリスでの滞在を通して、もしくは書物や人との交流を通して、ナチズムの問題点に早くから気づいた人がいた。鉄道や車を使って隣国に行く手段があった、という点も亡命には有利だったかもしれない。

亡命のことをいろいろと考えていたら、自分が亡命する夢を見るようになった。運がよければ、夢のなかでヨーロッパに到着している。気がついたらブランデンブルク門の前で人を待っていたりする。でも、ときには砂漠の手前でいきなりバスから降ろされる。(え? 砂漠? ここはどこ?) ときには氷と雪に行く手を阻まれ、風を避ける場所を探している。(寒い! いまはまだ九月なので、コートは日本に置いてきてしまった。) ときには山中の細い道を駆け抜け、ときには気球に乗って空から大地を見下ろし……。ただ、このところ、夢のなかで亡命に失敗する率が高くなってきた。出発の時点で、もう止められてしまう。いつのまにか子どもが足に絡みついている。あるいは、せっかく振り切って家を出たものの、ぐるっと回っていつのまにか家に戻っている。それでも就寝時に、きょうこそは亡命が成功するかも、と心のどこかで期待しているのだ。

固体状態

物理学というものはときに不思議な文章を生みだすことがあり、たとえばそれはこういうものだ。

水は凍ると体積の増える珍しい物質である。
すなわち、氷は水に浮かぶことだろう。

こうした文章を目にすると、ひどく頭の中を掻き回されるような気持ちになる。日本語というものが急に肉体を備えたような、見知った者の正体が全然違ったものであったような、それまで人形だと思っていたものに実は魂が宿っていたのだというような、畏れに似た感情が起こる。

これは、形式的なものが誰かの感動をうまい具合に伝達してきたという話とは違い、誰かの感動が言葉を経由することで、より生き生きとしたものとして現れる、というような話とも違う。

語られているのは、ごくありふれた内容だ。少なくとも日本語としては平凡である。ややこなれていないところはあるが、それは「珍しい」を無理に加えたからであるかもしれない。

水は凍ると体積の増える物質である。

すなわち、氷は水に浮かぶことだろう。

眺めているとどうしても、どこかに「珍しい」を加えたくなる。「世に稀な」ということでもよいが強い気もする。そうするうちにこの文章は「どうにも不格好であることを宿命づけられた文章なのではないか」という気もしてきたりして、ますます生き物めいてくる。

この文章の特徴は、日本語の文法的なところにあるのではない。心の動きを伝えようとするわけでもなく、しかしただの描写でもない。むしろ描写の部分が存在しない。

最初にあるのは、断言である。そうして次に推論がくる。

一般に断言を無条件に信用する根拠はない。しかし、まあ、水は冷やせば凍るのであり、凍れば体積は増えるのである。水をいっぱいにした容器を冷やせば割れることがあり、氷は製氷皿から身を乗りだす。これをさかさまにしてみると、体積を減らせば、たとえば周囲から圧力をかけたりすれば、氷はきっと溶けるのだろうというストーリーも転げでてくる。スケートの刃を押しつけたなら、氷は溶けて水になる。そうして人はすべっていくのだ。

まあそれはともかくとして、水の体積は凍ると増える。すなわち重さはそのままに、なりだけが大きくなることになる。必然的に密度が下がる。

エウレカとアルキメデスが叫んで裸で走り回ったことはないとされるが、ないとされる根拠はしらない。

密度が小さくなれば浮かぶ道理だ。

池の氷は水がその表面で冷気に触れることで生成されるが、氷が池の表面を覆っているのは、それが浮いているからだ。

そうでなければ、表面で凍った先から池の底に沈んでいき、底の方から凍りついていくということになりそうで、水中の生き物には甚だ迷惑な話になるだろう。南極大陸から滑り落ちた氷床がそのまま海底に滑り込むなどというのも大変そうだ。

冬に魚が凍りつかずにいられるのは、水が凍るときには体積が増えるおかげとも言える。

かといってここでは、冒頭の文章からこうした横ずれをどんどん作りだせることに注目したいわけでもない。それはどんな文字の並びにだって可能なことで、ここでの違和感はまた違ったものだと思う。

最初の一文がクイズであり、次の一文が答えである、という見方もできる。人の脳は、ちょっと意外な答えが好きで笑いだす。

しかしこの文章の生みだす感覚は、「円周率は整数係数の代数方程式の解とはならない」みたいな文章のもたらすものとは異なっている。人工知能がこの、円周率に関する文章を興味深いと思う日はやがてくるだろう。しかし、冒頭の文章を興味深いと思う日がくるのかどうかはよくわからない。

わたしには冒頭のような文章が、この宇宙の歴史とともに育ってきたある種の生き物のように見える。粗略に扱ってはいけない気がして、耳を傾けてみようという気持ちになる。誰かの意見を伝えようとするのではなく、自分自身の体験から絞りだされた言葉であるようにうつる。言葉が長い時間をかけて体験してきたなにかが、その形を得るまでのなにかがそこに隠しようもなく現れているという感覚がある。なにかひとつの物をひたすらに作り続けてきた人の手を見ているような。

*

わたしはずいぶんと長いこと、金色のことを気にかけてきた。考えてきたというほどのものではなくて、おかしいなというひっかかりを感じるでも感じないでもなく放置してきたというくらいのものである。

「金色は色ではない」

という文章が記憶の中に残っている。それは金属の理論を専門としていた研究者がなにかの折りに口にした文章で、金属の理論を理解したなら得心がいくようになる、というような話であったかと思う。

わたしはそれが「自分にとっての赤色は他人にとっての赤色と同じであるか」といったような話題とは異なるものだと理解していて、なぜならそんな問いに人間は答えることができないのだと見当をつけていたからである。

その頃のわたしは色について考えるのにひどく疲れてうんざりしていた。音楽の理論ほどではないにせよ、取りつく島があるとも思えなかった。透明を描くことができるということも、鏡を描くことができるということもとにかく奇妙に思われた。その存在をほとんど信じられないものが、あたりまえに存在している世界とは一体どんなものでありうるのかわからなかった。

一般に色とは、色相、彩度、明度で分類できるとされる。そうしてまた、赤、緑、青の三原色の混ぜ合わせでも表されるのだという。それとも色は、単に光の波長である。

どれもそれなりにもっともらしいが、そんな文章を並べておいて平気な顔をしている法もないものだ。試しに互いの関係を少し探ってみるだけでもよい。

色が光の波長であって、短いものは青、長いものは赤であるというのは一つの真理だ。線分の一方の端が青く、もう一端は赤い。

それと同時に、色は色相環をなすのであって、赤と青はすこしずつ変化をしながら尾を呑みあって環をなすものでもあるわけである。その間には、直線と円の違いというものがあり、これはひどく異なるものだ。

そうして三原色とは主に、人間の眼球内に、特定の波長を感じる細胞が三種類あることを物理的な根拠としている。赤を感じる細胞、緑を感じる細胞、青を感じる細胞がそれぞれの波長の光の強さに応じて興奮し、電気信号を発するわけだから、人間の感じる色は、三次元の直方体の形をしたデジタルな色空間からなっている。光子を粒子と数えるならば。するとこの立方体の中に描かれる一本の環が色相環ということになるわけなのだが、はてすると、赤から青になめらかに変化していく波長というものは一体どこへ行ってしまうことになるのだろうか。

折り紙には金の折り紙があり、絵具にも色鉛筆にも金色がある。金色が色でないとするなら、これは多少なりとも奇妙なことだ。他の色から金色をつくることはできるだろうか。子供のわたしは、そんなことはできないのだという結論に至ったわけだが、そこへ辿り着いた道筋は覚えていない。

ウェブカラーとしての金色は、#FFD700として定義されている。赤が強めで、緑も強め、青はそこに混ざらない。

これはもちろん、黄色に見える。金色だと言われると金色に見えないこともない。そこにはあの、折り紙や絵具や色鉛筆にあったような、心躍る光沢はない。

答えを言ってしまえば、金色が金色とされる大きな部分は、それの持つ光沢に由来している。すなわちそれは、確かに色の一つではあるが色であるというだけではない。見る角度によって見え方が変化するという点で異なる。他の色においても見え方は変わるわけだから、特徴的な変化の仕方をすると言った方が正確ではある。

金属は分子が規則正しく並んだ格子だ。アーリントン国立墓地に並ぶ墓石のように、見る角度によって様子が激しく切り替わる。そんな変化の仕方をわたしたちは金属光沢と呼んでおり、金属光沢を帯びた黄色を金色と呼ぶ。

折り紙が絵具が色鉛筆が提供するのは、ただ色としての性質だけではなくて、光沢に関する性質でもある。それはちょっと、他の色からははみだしている。

だからわたしたちは金色をその気になれば、他の「色」の組み合わせからつくることも可能であって、そうでなければディスプレイの上に金色を見ることなどはできないだろう。

であるからには、金色とは金色一色ではない。

日本の金の多くは砂金として採取されたが、見る者が見ればその金が、どこの川に由来するのか、陰影から判断がつくのだという。

たとえば中尊寺金色堂の金色を眺めていると、そこには蝦夷地の川がとりどりに流れているのがわかるのだときく。

*

20世紀における最も偉大な発見はなんであったか。一般相対性理論なのかもしれず、量子力学であるかもしれない。無意識の発見ということであってもよいし、DNAの二重螺旋の発見であるかもしれない。

原子力の利用であるとか、実用的なコンピュータの発明といったあたりも有力だ。でもしかしなにか一つを選べというなら、ヴェーゲナーの名前を挙げたい。大陸移動説の提唱者である。

大陸は移動する。

今では事実として疑われないこの文章が当たり前のものとされるようになってから、まだ五、六十年が経ったばかりである。すなわちこの文章の意味内容は20世紀の半ばあたりで激しい変化に見舞われた。

世界地図が描かれるようになってからなら、誰でもが思いつきえた仮説である。ヴェゲナー自身が、地図を見ているうちに大陸同士の海岸線が似ていることに気づいたのだから。一体どういう証拠を探せばそれを証明できることになるのかはまた別として。

それまでの大陸のあり方は、浮き沈みとして考えられた。陸塊がその場で上下する。浮き沈みするがゆえに、アトランティスは想像可能な陸地であり続けた。ヴェーゲナーの考えどおりに、現大陸がかつて一つの大陸、パンゲアをなしていたとするならば、アトランティスの居場所は、南北アメリカ大陸とアフリカ大陸に挟まれて消滅することになるからだ。

大陸移動説が先に知られていたならば、幻の大地の伝説は全く違った形になったはずである。

この仮説が承認されるまでには意外に長い時間がかかった。人の常識の切り替えには途方もない時間がかかる。そうして切り替わってしまった常識は以前からそうであったかのような顔つきになり、すましている。今や、大陸は移動しないと主張する方が困難だ。

しかしこれは、地球平面説を主張する困難さとは程度が異なる。地球が丸いことを証明せよと言われたならば、わたしたちは満ち欠けする月を指差してみせることができる。

「月の暗部が地球の影でないとするならば、一体どんな宇宙観が可能であるのか」

大陸が移動していないという説を反駁せよと言われたときに利用できる、同程度に簡潔な文章をわたしはしらない。せいぜいが世界地図を広げてみせて、海岸線が似ていると主張するくらいのところか。

無論、大陸移動説には多くの証拠がみつかっている。決定的だったのは岩に刻まれた地磁気の向きだが、もっと単純に直接的な測量の結果ということでもよい。ハワイと日本は確実に少しずつ近づいている。

大陸は移動する。

わたしはこの文章の意味を理解していると考えている。でもあまり自信がない。なんといってもこの文章は、今の意味を担うようになってからまだ日が浅いのだ。この文章が表しているのは実は全く別のものであるという可能性をわたしは無視する気持ちになれない。

人は明らかに移動している大陸のそれに気づかぬままでいた日々を忘れ、今では自明のこととみなしている。

わたしはこの文章の意味が、大陸の移動のように移り変わることを知っており、この文章にこの意味を負わせることを可能にした諸々の営みに畏敬の念を抱いている。そうして同時に、この文章が大陸ではないことも理解している。それはある日突然、アトランティスのように海に沈むかもしれないし、突然全き生き物として、人に別れを告げるかもしれないと考えている。

大陸は移動する。

それでもわたしはこの文章を、動かない大陸を信じるように眺めていると強く感じる。この文章はきっと移動していくのだと仮説を立てているくせに、何を示せば証拠ということになりうるのか、どこを探せばよいものか全く見当もつかないままに、この文章を書かされている。

そしてぱっと両手をひらきながら、その手のひらをとんと私の胸に押しつけた。

kaze no tanbun

移動図書館の子供たち

目次

【著者紹介】

我妻俊樹　あがつま・としき　作家、歌人

円城塔　えんじょう・とう　ものかき

大前粟生　おおまえ・あお　作家

勝山海百合　かつやま・うみゆり　小説家

木下古栗　きのした・ふるくり　作家

古谷田奈月　こやた・なつき　小説家

斎藤真理子　さいとう・まりこ　韓-日翻訳者

西崎憲　にしざき・けん　翻訳家、作家

乗金顕斗　のりかね・けんと　小説家

伴名練　はんな・れん　作家

藤野可織　ふじの・かおり　小説家

星野智幸　ほしの・ともゆき　創作家

松永美穂　まつなが・みほ　翻訳家、大学教員

水原涼　みずはら・りょう　小説家

宮内悠介　みやうち・ゆうすけ　小説家

柳原孝敦　やなぎはら・たかあつ　文学教師

kaze no tanbun

移動《いどう》図書館《としょかん》の子供《こども》たち

2021年1月10日　第1刷発行

著　者　我妻俊樹
円城塔
大前粟生
勝山海百合
木下古栗
古谷田奈月
斎藤真理子
西崎憲
乘金顕斗
伴名練
藤野可織
星野智幸
松永美穂
水原涼
宮内悠介
柳原孝敦

発行者　富澤凡子
発行所　柏書房株式会社
〒113-0033　東京都文京区本郷2-15-13
電話（03)3830-1891（営業）
（03)3830-1894（編集）

ブックデザイン　奥定泰之
カバーイラスト　寺澤智恵子
印刷　株式会社精興社
製本　株式会社ブックアート

ISBN978-4-7601-5282-7